K INK INK INK INK INK INK
INK INK INK INK INK INK I
K INK INK INK INK INK INK
INK INK INK INK INK INK I
K INK INK INK INK INK INK
INK INK INK INK INK INK I
K INK INK INK INK INK INK
INK INK INK INK INK INK I
K INK INK INK INK INK INK
INK INK INK INK INK INK I
K INK INK INK INK INK INK
INK INK INK INK INK INK I
K INK INK INK INK INK INK
INK INK INK INK INK INK I
K INK INK INK INK INK INK
INK INK INK INK INK INK I
K INK INK INK INK INK INK
INK INK INK INK INK INK I
K INK INK INK INK INK INK
INK INK INK INK INK INK I
K INK INK INK INK INK INK
INK INK INK INK INK INK I
K INK INK INK INK INK INK
INK INK INK INK INK INK I

文學叢書187

事後
香港文化誌

Afterwards | A Chronicle of Hong Kong Culture

陳冠中・著

目錄

前誌

1．**事後**：年輕時，大概沒有文化偏食症，只有貪玩症，這嚐嚐那試試，還要東張西望、上下求索，生怕錯過什麼。這樣的人嚐不出眞味道，也學不好眞工夫，卻挺適合事後替大家做簡報。

事後，就過了三十年。

2．**開蒙**：我是在香港開蒙的。想追憶，到底是哪些人哪些事哪些書？

3．**幽徑**：念中學時，還是個正常的男生，換句話說，什麼都不是。到大學，不想被廣大同學說是文藝青年，以免斷了其他好玩的路。沒想到自己會一步一步的走上這條幽徑，屢逢山窮水盡，偶遇柳暗花明。

4．**同路人**：在路上，有同路人，上了路，才知道人外有人。謹誌。

5．**文化**：這是個多義的詞，要看語境而定奪，我曾經這樣寫——文化除了建構身分認同外，至少還可以有幾個面向，一是文化作爲生活方式，每個地方每一個人都是有文化的、需要文化的、活在文化中的；二是文化作爲意義、道德與價值觀；三是文化作爲教養、品位、禮儀與知識；四是文化作爲特殊的行爲活動，這些細藝現在一般被方便的歸總爲文化創意產業。神奇、混雜的一體多面，寫之不盡。

6．**細藝**：細藝無分廟堂江湖，各自修行、各顯精彩、各領風騷，卻共譜時代精神。電影、電視、電台、音樂、報紙、雜誌、圖書、漫畫、美術、工藝、時裝、設計、收藏、廣告、建築、攝影、戲劇、戲曲、舞蹈、小說、散文、詩歌、報導、評論、學術……外行看熱鬧，內行看門道，雖曰文無第一，工夫總有高低。

7．**本土**：一九七七年七月《號外》雜誌登了一篇文章叫〈灣仔：吾鄉、吾土、吾民〉，作者是七靈。看著題目我就眼中有淚，但我在瞎感動什麼？我是在九龍尖沙咀長大的，活動範圍北至中學所在的窩打老道，南至我爸上班的港

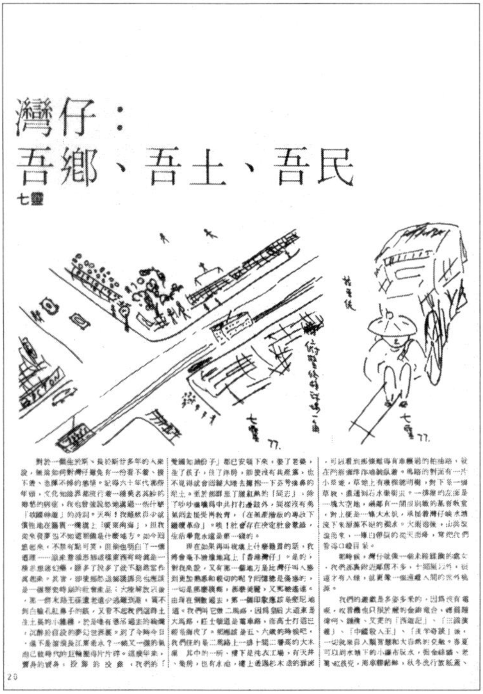

灣仔：吾鄉、吾土、吾民

七靈

對於一個生於斯、長於斯廿多年的人來說，無論如何對灣仔難免有一份丟不下、拋不棄、也揮不掉的感情。記得六十年代那些年頭，文化知識界都流行着一種莫名其妙的鄉愁的病症，我也曾經說想唱過一些什麼「故國神遊」的詩詞。天啊！我雖然自少就像無地在籬笆一樣撿上「僑寓兩海」，但我從來沒夢過不知道那兒是什麼地方。如今回想起來，不禁有點可笑，但我也明白了一個道理……原來誰都有時是會一樣的夢幻象，讀多了說多了就不自然當作真起來。其實，那時鄉愁這種議論也應該是一種歷史時期的社會產品：大陸解放以後，第一群來港王孫遺老逃離到港，看不到白輪花紅鼻子的眼，又看不起我們這群土生土長的小鬼頭，於是唯有憑吊過去的輝煌，沉醉於自設的夢幻世界裏。到了今時今日，還不是留候長江東逝水？一批又一批的氣魄已被時代的巨輪壓得片片碎。這幾年來，實身的貧身，投靠的投靠，我們的「愛國知識份子」都已安頓下來，娶了老婆，生了孩子，住了洋房，那便沒有共產黨，也不見得就會回歸大陸去擁抱一下芬芳泥香的泥土。至於那群患了猩紅熱的「同志」，除了吵吵嚷嚷為中共打打邊鼓外，簡樸沒有勇氣回去接受再教育，「在無產階級的專政下繼續革命」。唉！社會存在決定社會意識，生活畢竟永遠是第一綫的。

現在如果再叫我填上什麼籍貫的話，我將會毫不猶豫地寫上「香港灣仔」。是的，對我來說，又有那一個地方是比灣仔叫人感到更加熟悉和親切的呢？問題總是遙遠的，一切是那麼模糊，那麼美麗，又那麼遙遠。由身在倒數過去，第一個印象應該是莊士敦道。我們叫它做二馬路，因為軒尼詩道是大馬路，莊士敦道是電車路，至高士打道已經是海皮了。那應該是五、六歲的時候吧，我們住的是二馬路上一排十間三層高的大木屋，其中的一所，樓下是洗衣工場，有天井、廚房，也有水池，樓上透過杉木造的窗格，可以看到那條縱橫有車輛留的柏油路，就在門前縱橫交錯地躺臥着。馬路的對面有一片小草地，草地上有幾棵鳳凰樹，樹下是一個草坡，直通到石水渠街去。一排排的左面是一塊大空地，剛鄰有一間很簡陋的基督教堂，對上便是一條大水坑，承接着灣仔峽水塘流下來源源不絕的濁水。大雨過後，山洪傾瀉而來，一條白帶似的瀑布雨傘，常把我們驚得口瞪目呆。

那時候，灣仔就像一個未經粧飾的處女，我們孫為街坊鄰居不多，十個鄰以外，很遠才有人蹤，就更像一個遠離人間的世外桃源。

我們的遊戲是多姿多采的，因為沒有電視，收音機也只限於麗的呼聲電台，鍾偉明、鍾偉、艾雯的「西遊記」、「三國演義」、「中國殺人王」、「夜半奇談」……一切就帶給人類智慧和大自然的交融。春夏可以到水塘下的小瀑布玩水，捉金絲貓、老鼠蚯蚓兇，用番薯黏蟬，秋冬流行放紙鳶、

20

一九七七年七月《號外》雜誌
登了一篇文章叫
〈灣仔：吾鄉、吾土、吾民〉，
作者是七靈。
看著題目我就眼中有淚。
我是在九龍尖沙咀長大的，
大概，當時打動我的不是灣仔，
而是：人可以對自己長大的小地方
這麼有感情，
並且可以像七靈那麼有勇氣大聲喊出來。

島中區，後來到薄扶林上大學，才偶然涉足灣仔。大概，當時打動我的不是灣仔，而是：人可以對自己長大的小地方這麼有感情，並且可以像七靈那麼有勇氣大聲喊出來。

8．**香港**：七〇年代，殖民地政府主辦香港節；本地流行歌手Irene Ryder唱著：Kowloon, Kowloon Hong Kong, we like Hong Kong, that's the place for you；西西七五年發表了小說《我城》，香港是我們的城；《號外》的英文刊名在七七年初改爲《*City*》，標榜自己是一份世界城市的雜誌。蕞爾小香港自我感覺良好，喧譁生猛，敢爲天下先。

9．**大約在七〇年代**：七〇年代本土進步青年要求自己放眼世界，認識中國，關心社會。七一年到八一年是我眼界大開、也是香港文化脫胎換骨的時期，我兜兜轉轉老是回頭說這年代，以這段時間爲鑑，然後才往前張望、往後追蹤。這本文集大概只有五分之一的文章不談到七〇年代。

10．**稿約**：文章是應《中國時報》人間副刊主編楊澤和《明報》世紀版主編馬家輝的約稿而寫的，沒有對他們的承諾，就沒有定期撰稿的壓力，也就不會寫這五十二篇文章。不分作五十二篇，我根本就不敢開動寫過去的香港文事。現在寫出來了，還是愉快的，謝謝兩位主編。

11．遺珠：到結集出書，發覺還有不得不記的題目，又補了一篇〈遺珠〉。五十三篇文章，對各種細藝仍談得很粗，遺漏必多，請見諒、指正，只希望引起興趣，大家也寫，記下香港非物質的文化遺產，我們的集體記憶。

12．鳴謝：爲了寫這本集子的文章，我先後咨詢了一些朋友，他們是：鄧小宇、劉天蘭、羅卡、列孚、李以庄、周承人、紀文鳳、朱培慶、劉小康、靳埭強、陳幼堅、陳冠平、劉卓輝、黎海寧、Tina Viola、佘嘉文、高信疆、曾澍基、江瓊珠、呂大樂、董橋、李怡、劉千石。謝謝他們。特別感謝于奇，過去一年間替我改修每一篇文章，並給了很多令文章更好看的意見。最後，謝謝初安民和印刻的朋友悉心編出這本集子。

沒有值得學習的地方

想當作家的年輕人——假設現在還有這樣的年輕人——看到我大可鬆口氣：如果連我也算是作家，那麼任何年輕人都可以成爲作家。

我年輕時候沒有一樣東西可以供大家學習，故此應是激勵大家的好榜樣，說明人生是出人意表的。

我在香港上的是英文中學，即是用英文授課的那種學校，除了——中文中史課。一位中文中史課的老師調侃我們說：你們這些學生，中文不好，就說自己上的是英文學校，英文也不好，就說自己是中國人。

我就是其中一個中文不好、英文也不好的正常學生。

可是，我還眞有看課外中文書——武俠小說，以金庸爲主體，旁及梁羽生和一份叫《武俠世界》的香港武俠小說月刊，並從後者延伸閱讀到倪匡的現代版武俠小說如《女黑俠木蘭花》。

從來，只聽說有同代人因沉迷武俠小說而捱父母的罵，武俠小說在家中的地位如今天的電子遊戲，年輕人想像力再好也沒想到說自己看武俠小說是爲了練習中文，正如今天電子青年不會說打機是爲了鍛鍊拇指。我父母雖不曾阻攔我看「類型小說」，我卻直覺的知道這玩意是屬於「有罪的樂趣」，從不敢張揚，因爲天地良心我可知道自己追讀武俠小說不是爲了學中文。

多年後，我在加拿大上中學的兒子說他看完了第一本中文小說——金庸的《射雕英雄傳》，我情不自禁說：感謝武俠小說、感謝金庸。時代眞的變了。

話說上世紀六〇年代我念中學的時候，香港有很多「文社」。既自稱文社，社員看的大概不止是金庸倪匡，說不定還讀——文學？這我可要抱怨了，文社中人今天侃侃而談當年如何遍地開花，怎麼我就沒遇上過一家文社，也沒有一個社員來勾引我，白讓文學和我擦肩而過，害得我現在每踫到大陸作家，聽他們談起中學時期看這本那本俄羅斯小說，只能回應說我專注看港台兩地的武俠小說。

只有當我聽到大陸知識女性說《安娜・卡列妮娜》如何害她們浪費青春爲了等待偉大愛情的來臨，我才想起香港同代女人眞幸運，因爲她們只看了亦舒。

我的使小壞報復方法，是找機會說一九七一年我就看了張愛玲主要的短篇小說，大陸朋友一算，那他們還在文革呢！事實上，香港台灣看張愛玲錢鍾書沈從文，更不用說白先勇余光中金庸瓊瑤，遠比同代大陸人早。

七一年大學一年級期間，我在文藝書屋接觸到「文學」，也寫了幾首詩和短篇小說，發表在學生刊物上，基本上是在模仿白先勇和余光中。你以爲我眞想當作家？不是，是想吸引女生的目光，誰知這一招在當年崇尚英文的香港大學是不靈的。這裡我又可以做反面教材了，我很快忘了文學，二年級後不再用中文寫作，心思花在運動場、舞會、話劇、社會理論、政治哲學、電影、電影、電影。

到這裡大家可以看得很清楚，我是個好案例，現在任何想當作家的年輕人的文學條件都比我當年強，誰也不該再有心理障礙了。

以下的一段已經沒有多大普遍意義，算是我個人的歷程。大學畢業去了美國短暫留學，回來後在英文小報任職，覺得終於可以用簡單英文來寫作了：淺白短句，刪去多餘的字，力求緊湊，少蹓形容詞，殺死助動詞，把心思放在挑選準確的名詞動詞和偶然來一下的警句，像海明威、雷蒙・卡佛……可能只是像寫類型小說的雷蒙・錢德勒、達許・漢密特……可能都談不上，但確可以雕塑出一篇篇的文章。

用同樣的紀律去寫中文又如何？我沒把握，但想試一試。可以說，因為開動了英文寫作，我才想到寫中文。大概也在那個時期，中文系畢業的大學同學陳少棠推介我去看沈啓旡編輯的《近代散文抄》，受周作人和俞平伯所寫的序和跋裡的弦外之音鼓舞，深幸趕上王綱解紐、人心不古的頹廢好年代，在誰都管不了誰的香港，放膽寫吧、「老老實實說自已的話」（俞平伯語）吧。一九七六年，我重新試著用中文寫作。

啓蒙小書店、吊命小書店

香港人稠租金貴，薄利的民間小書店要上樓，開在閣樓、二樓、更上層樓。

在網絡書店出現之前，我猜想，每個香港讀書人都曾有過一家助他啓蒙的書店，而在啓蒙以後的日子裡，則還需要一家長期解渴濟饑的吊命書店，否則讀書人在香港的日子太難過了。這點，被寵壞的台北讀書人不一定能體會到。

我的啓蒙書店是開在尖沙咀某商住大廈五樓的文藝書屋，吊我命的是灣仔某二樓的曙光英文書店。

不算早也不太晚，我一九七一年踏進了對的地方：當年文藝書屋小小的房間內，陳列著整個大中華當代文化的亮點，包括文星叢刊、李敖、柏楊、余光中、張愛玲、於梨華、白先勇、聶華苓、劉紹銘、王文興、歐陽子、葉維廉、王尚義、席德進、司馬中原、梁實秋、林語堂、林海音、何秀煌、殷海光等等。在傳奇的六〇年代，中文精英文化最有創作力的地方竟然是政治高壓的台北，當時香港在這方面是要仰望台北進口的。而在六〇、七〇年代交接的幾年，文藝書屋就像是台北非官方精英文化在香港的窗口。幾年後，台灣的出版業更蓬勃，但對香港讀書人的啓蒙效應卻不如當年了，時勢使然。

早期我每次都帶著朝聖的心情上文藝書屋，我認爲我在文藝書屋裡面找到的教育，不次於幾年後我常去的哈佛書店。大一那年我買了殷海光的《中國文化的展望》，自己也驚訝怎麼會買這樣的書，而且是很不精緻的硬皮本，那驚訝度僅次於同年聖誕節去台北旅行，一回神發覺自己竟買了盜印的李約瑟《中國科技史》，五巨冊，還要抬回香港。我偶然會做不按牌理出牌的事：意識還沒到，就先出了手。

後來我進了文化圈，自然知道文藝書屋的老板是王敬羲，愛奧華大學文學碩士，之前是台師大的香港僑生，我七二年還讀過他的小說《康同的歸來》，以當時幻想留學的情懷覺得挺好看。王敬羲曾負責過香港這邊的《純文學》雜誌，後出版著名的《南北極》雜誌一直到九〇年代。但是，港台兩地書業似跟他早就不往來了，書店裡的大部分台灣書，版權頁都寫著是文藝書屋出版，或文藝書屋總代理，多年後我再訪，裡面來來去去主要還是早期那一批書，好像時間停頓。

文藝書屋完成了歷史任務，不再是我的解渴濟饑書店，七〇年代中香港已有多家小型中文書店超越了它，包括我也有參與的一山書屋。我的問題在英文書。

香港有三家老牌的正規英文書店：中環德輔道的圖書中心、尖沙咀樂道的辰衝書局和海運大廈的圖書中心（後者已不存在），都不錯，跟英美的主流連鎖小書店大致同步，是我在香港生活的固定訪點，只是，我對非小說特別是某類人文社科書的偏食，不是它們能滿足的，但像我這樣的人不會太多，不可能有一家像三藩市城市之光這類書店來專門滿足我們。不可能？偏偏就有個馬國明，開了家曙光圖書公司，專賣這類英文書，而且挑選之精準永遠超過我的期待。

自從曙光和青文書店分用一個二樓單位，它就長期納入我的生活地圖裡，讓我知道鬱悶的時候有個地方可去，吊住我這樣在香港的英文讀書人的命。我長期觀察的結論是，曙光在哲學與社科英文書方面的質與量，猶勝於台北誠品書店的旗艦店，而近十年兩者的書種又皆勝過三藩市城市之光書店地下室提供的非小說選擇。這是了不起的成就，特別對小規模的曙光來說，點點滴滴都是心血工夫。

眞是一個人可以讓世界——至少是我的生活世界——不一樣，沒有馬國明這樣的一個人，香港壓根兒自始不會有這類書店，曙光能夠出現在香港，堅持存活多年，不大不小是奇蹟，也是多元香港的光榮見證。

現在馬國明退了，而我們都習慣了到網上購英文書，不靠曙光吊命，但讀書人還得逛書店，大的小的、地面的樓上的、主流的另類的，多一家總比少一家好。

到畢業才有頭緒

一九七二年香港大學第二年社會理論課，講師是位在校多年的英國人，他跟大家說只懂一九三〇年代以前的社會學，之後的發展不要來問他。

我不知道他在說眞話或氣話，只記得自己立即反感，覺得這樣的學者太荒唐了，之後他的課也不太聽得進去。

這是典型的年少狷狂。那時候我懂什麼社會學，不管是三〇前或三〇後。英國講師要我們看法國大家阿隆的名著《社會思想的主流》上下冊，裡面討論了孔德、孟德斯鳩、馬克思、托克維爾、帕累托、韋伯、涂爾干七個三〇前重要思想家，如果我那時候懂得好好學習該多棒，可是我沒有。

我至今仍然認爲那位講師不應該對志大才疏的二年級學生說這樣的話，但就算不是最好的老師，他仍該有可教我之處，是我自己沒有吸收。畢業後才知道這位資深講師還寫過些研究香港社會的論文，常被學界引用。

念了兩年後，我對社會學還是毫無頭緒，一切都是敷衍。

隔壁女生宿舍有一個同班同學，喜歡指點性格溫馴的男生，她塞了一本薄書給我，喝令我好好看，書名叫《馬庫塞》，作者叫麥金太。這是我第一次見到麥金太這名字，但馬庫塞已聽說了，是時髦新左思想家，現既然受女生點撥，又是時髦當代思想，就好好看吧，結果，仍然是一頭霧水，只學會了幾個時髦名詞。

人是如何開竅的呢？社會學的想像是如何生成的呢？什麼樣老師的話才聽得進？什麼樣的書才看得懂？我是到大學最後一個學期準備大考期間，才終於嚐到點社會學的滋味，感覺自己有點頭緒，甚至激動，但為時已晚，來不及跟老師或其他同學交流了。這滋味只能藏在心裡，似有似無的，畢業後很容易消散。當然，有些同學開竅早，不過像我這種後知後覺、一不小心荒廢掉三年大學光陰的相信也不少。

大三那年，來了兩個年輕美國講師，比我們大不了幾歲，衣著儀態也沒威嚴，跟系裡原來的教授講師很不一樣，連帶讓人懷疑他們的學問。

其中一個操很濃的美國南方口音，大家聽得辛苦，往往就暗底放棄聽課。他教當代社會理論（終於是當代了），但我經典都未修好，念當代會容易嗎？有些美國學派確似是較易入門的，如「族群方法學」，是像玩行爲藝術一樣開始的，但它背後的現象學假設卻不好理解。今天，我會猜想這位講師是個有抱負的急進派社會學家，因爲當時他在課堂上一再引述的一本書，是剛出版不久的《西方社會學即將面臨的危機》，作者是古爾德納，那是對美國社會學特別是經過柏森斯整合後佔學院主流的功能學派的大批判。如果畢業兩年後我回來聽他的課，我相信我聽得懂他的英文，也會覺得他的社會學批判有意思，可是大三那年，我耳朵不適應美國英文，又對當代理論不甚了了，所以很難一下子跳到對這些理論的批判，書沒有眞的看進去，結果又只是知道了一堆名詞。

另一個講師是教人類學入門的。在大學所修的社會學科裡，最啓發我的竟是這門人類學，我竟然對文化人類學、社會人類學、維克多・特納、艾德蒙・

里奇有感覺，還接觸到了列維斯特勞斯的結構主義！可是，我的腦子雖已漸受啓發，我面部還是沒有表情，上課時依然目光呆滯，可是我也沒辦法，因爲要到大考最後啃書之時我才喚醒了自己的社會學想像，所以那個教人類學的講師在課堂上看不到我任何學習激情、得不到我蠕動智慧的正面回饋，他和操美國南方口音的講師一定都覺得教我這樣的學生太沒意思，說不定上述那位英國資深講師亦因爲年復一年的對年少狷狂、志大才疏的大學生感到失望，心灰意冷，慢慢連說話也不節制，管你反感不反感。

幸好兩位美國講師後來沒有因此放棄在大學授課，而香港大學社會系的教學據聞也有所改進。

新聞寫作的學徒

一九七四年秋季，波士頓大學的傳播學院購進了備受爭議的著名意大利記者法拉希（Oriana Fallaci）的全套名人訪問錄音帶，作爲塑造我們這批學徒記者的教輔材料。

當年香港式的名人訪問，主持人總是以無知自居，用請教的的口吻，抬捧受訪者，而且處處爲受訪者打圓場，誠恐使場面難堪。這樣的訪問立場，出現在消閒節目，除降低了娛樂性外無關痛癢，但若是時事訪問，則涉新聞原則了。

後來八〇、九〇年代香港消閒節目裡的訪談是越來越生鬼、搞笑甚至賤，雖然最終依然是無關痛癢，而面對政要、富豪或公眾人物的時事訪問，則一種是名嘴做秀，全是主見而不是誘導受訪者說出事實，另一種只是給政要富豪公眾人物一個公關機會發表一面之辭，記者做了「托兒」，謂之「識做」。

法拉希的錄音帶告訴了我，原來訪問是可以這樣弄的，首先是要做足功課，知己知彼，意志要堅定，軟硬兼施、隨機應變，誓要問出眞相，不怕得罪人；她可以使基辛格解除戒備，把藏在心裡不能說的那句話也給套出來——「有時候我視自己爲一個牛仔……」。

不過，法拉希雖是明星級記者，我當時卻沒有以她爲學習榜樣，心想：哪有機會去訪問這麼多國際政要、名人？

我以爲我想成爲另一種記者……一九七四年是美國新聞學院的好年，水門事件使記者成爲全國英雄，而部分後嬉皮的抗衡文化人，重入社會，亦選讀了新聞，雖然新聞系畢業生的市場展望是各行中最差的，新聞學院卻滿額。據說一兩年後，自戀時代年輕人更趨現實，新聞學院已好景不再。

我在學院裡學習各種新聞類型。電視新聞能接觸到最多人，晚間新聞主播克朗凱特（Walter Cronkite）被美國人認爲是全國最可信的人。如果我醉心的是電視新聞，那時候引爲榜樣的會是「六十分鐘」的拉瑟（Dan Rather，座右銘是「永不要被那些混蛋嚇怕」），不過，我當時相信寫作，要做文字記者。

一個浪漫的想法是去當通訊社或大報社的海外特派員，像我那時候學新聞的基本教授沈承怡博士，他是抗戰後中央社派去戰敗國日本的第一批四個記者之一。只是就算在一九七四年，海外特派員這特殊行業能吸納的人實在太少了。

較現實的做法是去地方報社。美國文字新聞的「既制」，即東岸大城市的日報，皆奉事實爲惟一的神，繪影繪聲的「黃色新聞」對多數大報來說已是歷史名詞，稍有自尊的報人皆膜拜事實及只有事實。這裡插一個法拉希的主張，她說她從來不客觀，只知道公平與準確。

許多大報，除了泛泛報導外，偶然也會刊登一些深入調查報告（investigative reporting），或揭露腐敗和社會黑幕的「耙污」（muckraking）、揭秘（expose）報導。

這些名詞本身已吸引我了，待回到光怪陸離的香港，豈不合用？我不知天高地厚的說：我要做寫深入調查報告的記者！

沈承怡教授聽到像我這樣的學生整天把深入調查報告掛在口邊，就說了一句話：「所有新聞報導都該是調查性的」（all reporting should be investigative）。

這句話爲我以後的新聞工作豎立了一個幾乎不可能達到的標準，我永遠是心有餘力不足，並註定了無法適應連政府新聞處通稿也照登不誤的當時的香港日報。

我回到香港後在一份叫《星報》的英文小報當了九個月記者，除了體育和娛樂外，做遍了各種報導，包括商品發布會的軟文報導及替廣告客戶寫的公關膳稿！小報重視的是搶獨家新聞，所謂scoop，平常的日子就盡量把突發新聞煽情化，卻沒有資源給記者慢工做深入調查。我後來寫過幾篇算有點深入調查味的報導，但那都是我離開報社之後的事。

在波士頓的時候有一個教授善意的打擊我們：想當記者，來新聞學院幹嘛，何不直接去報社當學徒？

我在報社的九個月，所學到的及所接觸的，不少於在學校學的。報社是記者的最佳訓練所，只是積惡習的報社，則可以把人帶壞。新聞學院應有的好處，是讓你看到，最優秀的新聞工作該是什麼模樣，有了這個經驗後，處於等而下之的現實裡或許還能記住底線所在。新聞學院眞正讓學生終身受用的，不是技術訓練，是人格培養。

速成記者

沈承怡教授怎麼說都是個有耐性的老師，但是一九七四年我在波士頓學新聞的時期，他給了我三次速成教育。

上學的第一天第一課，他一進課堂就說，今天的題目是麻省州長選舉，你們現在就去採訪，明天交功課，下課。

我環顧美國同學們很酷的四散，也裝著若無其事的收好書包，走出課堂。天呀，我剛從香港到波士頓，差點連課堂都找不到，椅子沒坐暖就要去採訪……等一等，誰跟誰在選州長？

站在傳播學院外的馬路上，舉目無親，東南西北不分，只能對自己說，鎮定，我是記者（雖然第一課就被趕出來），所以……對，去買一份報紙看看。

《波士頓環球報》標題寫：Sargeant vs. Dukakis，前者是現任州長，共和黨，後者是挑戰者，民主黨。Sargeant排在前，又是謀連任，贏面較大，就找他吧。怎麼找？查電話本！

驚魂甫定，我硬著頭皮摸上去共和黨的競選黨部，沒看到州長，也沒人管，待到很晚，有機會就跟些助選者聊天，然後熬夜把作業擠出來，邊寫邊嘟噥著：我到新聞學院是來學寫的，怎麼還沒學就先要寫？

那天之後，我可以跟人家討論麻省政治，拿著地圖在波士頓城裡亂闖，跟陌生人無障礙攀談，並用英文快速寫報告。什麼叫惡補？這是。

那次選舉，Dukakis贏了，後來一九八八年他還代表民主黨選總統，敗了給老布殊。

沈教授之後再不趕我們出課堂，老老實實講課，採訪練習都安排在下課後。

不過他還有招。他要大家背熟一本叫《風格的要素》（*The Elements of Style*）的書的部分章節。沒錯，是一字一字的背誦。《風格的要素》是教中學生或大一學生作文的課外書，而我們是堂堂新聞系研究生，現在不光被指定要看還要背，算什麼跟什麼？英文是我的第二語，連我也覺得委屈，其他美國學生可想而知，何況那屆同學裡有一半是英文本科畢業的。

惟一讓這群牛哄哄的同學不公然抗命的是該書的作者之一是懷特（E.B.White），而懷特是公認作文大家，恰好能震住英文本科生。

《風格的要素》原是康乃爾大學教授斯特倫克（William Strunk Jr.）在一九一八年撰寫、僅四十三頁的小冊子，他是懷特的老師，到上世紀中，懷特突然想起這本小書，並在《紐約客》雜誌寫了篇文章表揚斯特倫克，麥美倫出版社就請懷特重新編輯該書，並增補新的材料，在一九五九年推出了兩人合名的新版，第一版賣了三百萬冊，到第三版共賣掉一千萬冊，是每一代都有人要讀的長銷書，過去三十年，我勸過不少想學好英文作文的人去看這本書，也買過多本送人。

我從幼稚園學ABC開始，經過小學、中學、大學，漫漫十八載練英文，到了背熟《風格的要素》裡的作文天條那個晚上，才算眞正完成了英文作文的基礎教育。後來連我的美國同學都沒有一個抱怨。

沈教授還開了與新聞有關的法律課，學期初有一回上課時要我們討論美國憲法人權法案中關於法治程序的第五修正案的自證其罪那句。

我之前沒讀過美國憲法，惶恐的一邊翻憲法小冊一邊腦筋不夠用的聽別的同學發表意見，聽了半天才決定自己沒有聽錯，第五修正案那一句是：「沒有人……將會被迫在刑事案中作爲自己的指證者」，大意是如果你的供詞有可能成爲指證自己的罪證，你可以引用第五修正案要求沉默權，拒絕回答，以保護自己，就是說，任何審判不能強迫你說出自證其罪的話。

我的美國同學們對此法案皆不以爲然的說：如果一個人沒罪，怕什麼有問必答，反過來，一旦援用了第五修正案，豈不欲蓋彌彰？這法案豈不是會保護有罪的人？

沈教授大概想給我多點時間準備，最後才問我，當時我正慶幸及時弄清楚了是什麼回事，強作鎭定，附會著其他同學所說，認爲這條美國憲法法則多此一舉。

沈教授聽了我的最後發言後，覺得我這個來自華人地區的學生，竟對自證其罪的流弊一點沒有認識，有點失望，只好向我們細述法案的因由，我記得他最後說：保護人權的法，多一條總比少一條好。

急進波士頓

到了一九七〇年代中，波士頓大學仍然彌漫著急進的氣氛，雖然風向已經在轉變。

馬丁路德金的博士銜是在波大拿到的，在二戰後該校授出給非洲裔學生的博士學位，比美國任何大學都多，也因此與該國民權運動有緊密關係。七〇年代初，一些給哈佛、麻省理工等鄰近名校趕出來的學者不知爲何也棲身在波大，有同學告訴我，波大的人文社會學科教員中，三分一是馬克思主義者，三分二是前馬克思主義者。我沒有印證過他所說是否屬實。

我只記得在越戰結束後，著名非洲裔急進分子兼共產黨員安吉拉・戴維斯在校園附近演講，竟仍吸引了千多名學生捧場。

我聽同學說新校長約翰・施伯爾是一九七一年從德州過來的，是個保守派，對所謂滋事教職員打壓從不手軟，波大已不是原來的樣子。聽歸聽，我沒有太關心高層的事，只在想自己該去上哪些課學些什麼。後來證明施伯爾還是個有能力的校長，在任二十五年，解決了波大的財政危機，倍增了大學的財富，也提升了學術與尖端科研實力。

我在第二個學期修完了新聞學位的必修課後，第三學期就想去社會科學院，補嚐一下在大學時未眞正嚐出味道的社會學和政治哲學。

當時在校名氣最大的可能是歷史學家霍華德・辛恩，他是學術界反越戰的代表人物之一，而從一九六五年首次示威開始波士頓就是東岸反越戰的中心。不過我一向對歷史興趣不如理論，執迷著所謂大寫的Theory，結果沒去選他的課。他其後在一九八〇出版的《美國人民的歷史》，在左翼觀點的美國通史中銷路和影響都是最大的。

我首選麥金太的課，因爲在大學時讀過他寫馬庫塞的書，現突然發覺可以面對面聽一個只聞其名的學者講課，有種莫名亢奮。麥金太的樣貌像我在電影上看到的希治閣，胖嘟嘟，永遠深色西裝深色窄領帶配白襯衫，很正經的樣子，天氣熱也不脫上裝。

他教的是「現代性的興起」，班上學生不足二十人，他一上來就叫我們啃黑格爾《法哲學原理》的英譯原文。那是我一生中最痛苦的閱讀經驗——如果算是閱讀的話。我的意思是：書裡每一個字我都看得懂，不懂可以查字典，但加起來沒有一句話是看得懂的。後來我才知道，看黑格爾就是要你先看懂了整本書，才可以看懂第一句。

有了黑格爾的經驗後，看其他德國人東西，譬如說年輕馬克思的著作，就算不太好懂，也沒有那麼恐慌了，看英美著作更像是休閒閱讀——這樣說並不表示我認爲德國觀念論比英美思想優勝。

麥金太還叫我們啃亞當史密、蘇格蘭道德家和英國功利主義思想家的著作，他是非常會講課的好老師，讓我對現代性有了點概念。後來他出版了《德性論》一書，名氣更大，成爲社群主義思潮的代表人物之一。

我另外還選了一個叫吉登斯的年輕英國社會學家的課，因爲講的是他的兩本書：《資本主義與現代社會理論》及《先進社會的階級結構》，特別著重馬克思、韋伯和涂爾干的學說，正好是我在大學沒有學好的。吉登斯樣子像個研究生，經常穿著藍襯衫藍牛仔褲，很隨和。這個班較大，約有四十名學生，原來這時他已是英美社會學界的人氣新星，由一九七一年至七四年連續出了四本書，大有整合社會學的氣概。我也開始進入狀態，看社會理論成了癖好。離開波士頓後，吉登斯依然以驚人速度密集出書，勾兌各種現代思潮，而我也一直死命追看，特別是由他的政體出版社出的書，可是算算曾看過的還不到他名下三十多本書的三分一。今天，華文知識界對「吉登斯爵士」都很熟悉了，不用多介紹，而我也以爲終於上完了社會學的基礎教育課，誰知放眼一看，新的社會理論正在風起雲湧。

急功遠利的好處

年輕時候對知識的急功遠利，說不定也有好處。一九七四至七五年我在波士頓大學的時候，想學新聞，想學社會理論和馬克思主義，並想靠惡補當代小說練好英文，結果在一年三個月時間內，囫圇吞棗看的書遠超過大學的三年。

除了有學分的正式課之外，我還貪婪的全程旁聽了莫瑞．拉文講授早期馬克思思想的課。

我不知道拉文的背景，只是去他的教室跟他讀《德意志意識型態》之前所謂人文馬克思的著作。那是個小班，因此師生交流緊密，當老師其實挺累的，拉文卻從不點名，我也就上一課算一課，有作業照交上去，他也改好還給我，到了學期最後一課，他才幽幽的說，班裡面有人並不是這一課正式登記的學生，卻跑來旁聽，增加了他工作量而校方卻不知道，這對他來說其實是不公平的。他是在說我，知道我是佔他便宜的旁聽生，但很可能因爲他是個急進派學者，所以一直下不了決心趕走一個前來偷學馬克思的學生，尤其是像我這樣的東方年輕人。至今我想起這位老師當時的心情，仍覺得羞愧難過，很感激他始終沒有拒絕我，發誓以後不能因爲別人仁慈而佔人家便宜，可是我還是慶幸自己上了他的課，不然可能永遠沒有機緣這樣細讀年輕馬克思。

拉文在一九九九年逝世後，跟他在波士頓大學共事二十四年的霍華德·辛恩在老牌左翼刊物《每月評論》寫了篇文章講述他的事蹟，我才知道他曾是大學最受學生歡迎的老師，每年他開的美國政治入門大課都有上千學生聽課，並「爲這個國家的急進運動作出了重大的貢獻——以他所寫、以他所教、以他作爲學院世界的異議知識分子」。離開波士頓二十五年後，我才對這位在小班裡柔聲講課、包容過我的老師多了一點認識。

另一個想去旁聽的課，是第三代法蘭克福學派的代表人物奧弗所開的工業社會研究，可惜眞的排不出時間，只能割愛。

我卻去上了一個有學分的怪課，讓我終身受用，老師是後嬉皮學者泰里．弗賴貝格博士，他說這課不打算灌輸任何考完試就忘掉的實證知識給我們，而是介紹一些讓我們終身忘不掉的觀念——你看，他這句話我就至今忘不掉。

他講解黑格爾和馬克思的辯證法，然後說中國的太極圖黑中有白、白中有黑，就是辯證法的最佳象徵。他教我們用三個銅板來做《易經》算命，稱之謂青蔥待研發的科學，借此批評西方的直線因果觀並介紹榮格的共時因果觀。他引導我們看舒馬克的《小是美》和卡遜的《寂靜的春天》，藉以批判工業主義和大農業集團。他要我們讀關於道家、禪和金剛乘的英文書，並引申講解韋伯的正統與異端觀念。他叫我們不要只相信理性，要身心結合。他練太極拳，很崇拜任何「圓之又圓」生生不綴的動作，弄得我回香港後也去了尖沙咀街坊福利會學了一年半太極、想著身心結合。

我是班中惟一的東方學生，好像特別親，他請我回家吃飯，盤膝坐地毯上，主菜是一大盤煮熟的整顆帶皮的洋薊，我未吃過這玩意，眼看著不知如何下口，心想：當嬉皮士不容易，吃不好。

那是一個嚴謹的課程嗎?學術上當然不是，不過從急功遠利角度，教育效果極佳，有多少課程你會一生記住?它不單讓我親自感受到北美的嬉皮風、新紀元潮、個人潛能實現運動、生態意識，並讓我對東方古老傳統重新有了想像!請先不要說東方主義，興趣是學習的良伴，智慧有十萬八千法門。

上完這課後，我還曾發燒的去報了北美兩家著名大學中文系的博士課程，幸而都沒被錄取，不過我對佛家和道家和《易經》和太極拳的興趣和尊重就已經建立了。

近日我在網上屢搜泰里·弗賴貝格的名字不獲，不知老師雲遊到哪裡去了。

左翼青年小圈子

大學畢業後，想移風易俗，啓迪民智，往往會這樣做：結社、出刊物、辦課程、開書店，總之想辦法延續大學的群體生活。

一九七五年中國大陸四人幫仍在位，香港的左翼大學生，也以毛派為主，對手譏之為國粹派，有點後來所謂凡是派的意思：凡事跟著中國走。不知為何，一九七一年的林彪事件仍沒讓他們醒過來。

站在國粹派對立面的左翼大學生，自稱社會派，其實人數很少，變乎不成派，不過，在殖民地大學當左翼還要當左翼裡的少數派，肯定需要有點獨立思考能力，甚至個性。

大學以外，一群個性更張揚的年輕急進分子較早前辦了一份《七〇年代》

雙周刊，看得我這種溫馴的大學生目瞪口呆但如吃禁果的每期追看。七〇一族除了極少數無政府主義者之外，大部分很快成了托洛斯基分子，並涉入半個世紀中國托派的派爭。

以上三類左翼青年陣營，我在大學的三年都沒有加入。我大概屬於可爭取的群眾，意識水平不高，立場不穩定，但可被拉攏。我參加過一些大型抗議行動，跟著大隊走，包括很多無黨派大學生都參與的保衛釣魚台大遊行。

私下，最吸引我眼球的是七〇分子，他們鬼馬，洋氣，一副又猛又酷的樣子，好像玩得很過癮，只是他們太野了，隨時可能犯事，我的中式布爾喬亞家庭教養告訴我要離他們遠一點。

最沒興趣的是國粹派，因爲他們土裡土氣，不合我的小資趣味，整天千人一面集體進退，看上去挺笨的——後來知道他們個別來說可絕不笨。我的個人主義加上從小家裡就看反共報章如《星島》日晚報，自己還每月掏錢買《明報月刊》，不可能像國粹派對文革的陰暗面視而不見——我的意思是，他們是活在香港的嗎，怎麼連這些文革暴行都不知道，整天在歌頌毛主席？

剩下的，只有社會派，我也弄不清楚他們代表什麼，甚至不確定他們是誰，只認準了一個人：高我一屆的曾澍基。我心目中，他就是社會派。不過不敢接觸，因爲有點怕他。

三年大學就這樣，暗地裡背叛了我的右傾父親，隱性的以自由左派自居，心裡不無掙扎，卻沒有扎堆，表面上還是個正常的普通大學生，可以跟各門各道的同學交往。

由波士頓回香港後，更有信心呈現我學院式西方左派的面貌了，卻苦於沒人有興趣看我的呈現，一向不扎堆的我想找同路人，這時候又記起曾澍基來，聽說他和同夥結了一個社，叫大風社，一聽名字我就知道，我絕不可能參加一個叫大風這樣名字的社。

幸好同學勞潔彤告訴我，曾澍基在香港大學校外課程開課，我們就白天各自上班，晚上結伴上港大，去享受曾澍基的講課。他不只是圈裡的首席理論家，還是個動人的演說家，我有時候斷章取義的胡作比喻，說曾澍基之於我們這批港大出身的所謂社會派左翼青年，就如米拉博之於法國大革命雅各賓黨人，旨在表明他說話的動聽和在小圈子的地位。

在多變的一九七六年，曾澍基他們邀我合夥開了一山書屋，大概說明我終於入圍，成了晚期社會派。

誰知四人幫七六年底就倒台，轉眼間再無所謂這派那派了，前國粹派中人紛紛轉正，毫無包袱的加入美資銀行、港資財團、殖民地政府，及隨後開放的中國貿易，順理成章就是愛國人士。社會派勝者無所得，卻自以爲吾道不孤，繼續在體制外喧譁，然後從事新聞、媒體、出版、社工、教育以至學術。只可以說，自此以後平均的個人財富，前國粹派遠高於前社會派。

我去辦了另類雜誌，而曾澍基折騰一番後進了學院，念了一個一個的學位，現在是香港經濟學界非主流少數派的領軍人物——如果能成軍的話。

自己開書店

隔行如隔山，小小的文化圈，每一塊都有不同的知識結構，就算自以爲可以無所不談，其實還是自說自話，之所以吾生有涯、學海無涯，這是我在一山書屋的體會。

黎則奮是低我一屆的大學學弟，是個堅定而且張揚的社會派，我特愛聽他亢奮的談香港學運社運政治，特別是攻擊對手國粹派。他對我的一大貢獻是一九七六年初邀我一起開辦一山書屋，跟學長陳文鴻曾澍基、學弟妹張嘉龍鍾小玲做合股夥伴並近距離接觸。

一山書屋除了在灣仔某破樓的閣樓賣書外，也自己出版書。除了出正版新書外，也盜版別家的書，只是我們盜得很有原則：只盜版中國共產黨和當時四人幫禁掉的書。我相信這是知識結構奇特的陳文鴻在主導的，否則那時候在香港誰會想到去重印延安時期已被批鬥的共產黨人王實味的《野百合花》，去替晚年給毛澤東整慘的周恩來出選集，去結集未經《毛選》刪改的毛澤東原文！我們好像總是在跟毛過不去。

這方面我全幫不上忙：我只涉獵了一點西馬，你叫我解釋一下盧卡契和布萊希特在爭些什麼，我還能說上幾句，但是延安整風和中共黨史疑團當時絕對是在我的知識範圍外。

陳文鴻以及曾澍基的左翼西學也不像我學的西馬，他們談他們的第三世界依賴理論，我談我的法蘭克福學派文化理論，他們說捷克的奧塔・錫克與匈牙利的亞諾什・科爾奈，我說法國的阿爾杜塞爾與英國的雷蒙・威廉斯，他們說許滌新、孫冶方、薛暮橋，我那時候任何華人文化研究者的名字都說不上。我得承認偷了不少師，以至近年才爲大陸新左派吹捧的名字如安德烈・貢德・弗蘭克，我一點不覺得陌生，皆因陳文鴻曾澍基早就在我耳邊嘮叨過。當然，自從香港未名書屋在一九七三年重印了費孝通的若干著作後，大家都常談到費孝通。

如果只是這樣，仍走不出學院左翼的知識範圍——當時我們確還辦了一份叫《左翼評論》的期刊。只是一山書屋給我的教育不止如此：它讓我進入了一個有趣的天地，以書爲本，我稱之爲書本文化圈。

主導一山業務的是精力旺盛的張嘉龍，有天他帶了個背著書包的台灣人進來，名字叫沈登恩，開了家遠景出版社，陸續發過來一批台灣小說，如鹿橋的《人子》、黃春明的《莎喲娜啦，再見》、陳若曦的《尹縣長》，封面都有設計概念，令人眼前一亮，跟我在文藝書屋看的台灣書不一樣。我開始對台北出版界產生了興趣，連帶接上了台灣文化界的論述，包括濫觴於六〇年代而在七〇年代中大爆發的現代與鄉土文學論戰——我回想起七三年已經看到香港學者劉紹銘編的《台灣本地作家短篇小說選》。台灣文壇自此再納入我的注意範圍內，雖然無可避免只是隔岸觀火，知其一不知其二。

遠景一度是台灣出版新世代的領頭羊，只是主事者性格決定命運，另二位高手王榮文與鄧維楨相繼離開，自立門戶，台灣出版業進入戰國時代，大放異

一山書屋

灣仔譚臣道一一〇號閣樓
電話：5-743017

本版書三百餘種，外版書不勝枚舉

書刊簡介

毛澤東集（1—10卷）香港一山版 200·00
　收集1917—1947所有毛澤東著作之原本
毛澤東思想萬歲1967 香港一山版 12·00
毛澤東思想萬歲1969 香港一山版 32·00
毛澤東思想萬歲 第三輯 香港一山版 12·00
毛澤東與中共中央 一山1975年編 10·00
周恩來選集 中國共產主義小組編輯 40·00

本書選輯了中國已故總理周恩來在中華人民共和國成立以來的重要言論及報告；在選輯過程中，搜集了各種原始文件，原文收錄。由於周恩來總理在中國政務和中共黨務身居要職，所以本書不僅只是研究周恩來總理本人，抑且由研究瞭解戰後中國政治及經濟問題的重要參考書籍。

全書分為六部份：
　第一部：政務報告
　第二部：黨務報告
　第三部：經濟事務報告
　第四部：外交事務報告及講話
　第五部：在無產階級文化大革命期間及講話
　第六部：文化、教育事務報告及講話

香港與中國之間 曾澍基 6·00

這是香港的年青作者曾澍基先生在近年來發表的論文選輯，曾先生畢業於香港大學政治系，在近年來分別在各香港大專刊物上發表許多文章，論述香港及中國的政治問題，評介西方革命思想等。本書是一充滿時代氣息的論文集。

秋瑾 [illegible]著 1957年上海人民出版社 8·00
杜甫傳 馮至著 人民文學出版社 8·00
水滸傳的演變 嚴敦易著 作家出版社 35·00
明清小說研究論文集 人民文學出版社 45·00
林語堂論 一得編 18·00
李大釗選集 人民出版社 30·00
[illegible]故人 [illegible]著 商務印書館 12·00

生死場 蕭紅著 奴隸社 10·00
初秋的風 蕭軍著 7·00
文物考古常識 湖南文物考古隊編寫 12·00
歷史檔案的整理方法 人民出版社 15·00
我國歷史上的科學發明 6·00
　錢偉長著 中國青年出版社
詹天佑與中國鐵路 10·00
　徐啓恒著 上海人民出版社
我國古代的海上交通 4·00
　章巽著 新知識出版社
古代西域交通與法顯印度巡禮 7·00
　賀昌群著 湖北人民出版社
府兵制考釋 谷霽光著上海人民出版社 35·00
中國歷代土地制度問題討論集三聯書店 30·00
論漢武帝 張維華著 上海人民出版社 12·00
成吉思汗傳 余元盦著上海人民出版社 8·00
隋煬帝 韓國磐著 湖北人民出版社 8·00
鄭和 朱契著 三聯書店 10·00
明代海外貿易簡論 張維華著 12·00
　1956年上海人民出版社
儒教叛徒李卓吾 吳澤著 華夏書店 10·00
海瑞 蔣星煜著 上海人民出版社 10·00
明末三大思想家 [illegible]著四聯出版社 12·00
王船山學術討論集（上、下）中華書局 65·00
捻軍史研究 江地、羅爾綱著
　1975年東方學出版社 30·00
太平天國 牟安世著 上海人民出版社 40·00
太平天國制度初探 酈純著 中華書局 50·00
辛亥革命五十週年紀念論文集 80·00
　（上、下）中華書局
中國資本主義萌芽問題討論集 120·00
　1960年三聯書店
（上、下、續合三冊） 200·00

函購辦法

世界五大洲總來有很多的讀者利用函購辦法，向本局購書和享用本局的各類文化服務。請把你的地址寄給本局，你就可以每月收到油印圖書目錄。

本地海外讀者郵購，可來函指定所要之書，加上郵費，寄來足夠支付之款項，本店即把書掛號平郵寄出。

一九七六年初，
黎則奮邀我與幾個朋友一同開辦一山書屋，
除了在灣仔某破樓的閣樓賣書外，
也自己出版書。
除了出正版新書外，
也盜版別家的書，
只是我們盜得很有原則：
只盜版中國共產黨
和當時四人幫禁掉的書。
圖為當時於《號外》雜誌刊登的廣告。

彩。

不過我得指出，雖然從那時候開始，台灣書成了香港書店長銷的固定擺設，甚至不乏暢銷者，但卻沒有主導過香港文化的發展，正如鄉土論戰啓示了台灣文化往後的變化，在香港卻水過無痕，深層影響遠不如早前的文星叢刊、皇冠叢書、水牛文庫、人人文庫，因爲七〇年代中香港自已的本土城市文化已經蓄勢待發。

一山始創的頭一兩年，我常跟著張嘉龍玩，認識了不少幹出版、發行、印刷和門市的人，那幾年特色書店很多，往往設在二樓或租金較廉地帶，老牌如南天、上海印書館，後有傳達、新亞、波文、創作、未名、神州、南山、田園、學津，更後有青文，及至今仍是龍頭的天地（店門在地面、店在地庫）。我們平常談的是書，見的是寫書或出書的人，等於在梳理書本文化圈。張嘉龍還介紹了《明報月刊》編輯、藏書家黃俊東給我認識，一下替我打開了書本文化圈大多數的門。

有一陣子，對當代中文文學史和戲劇史素有研究的馮偉才當了一山的經理，而從法國回來、飽學的丘世文也成了股東，兩人的知識結構都不是我熟悉的，我下班就上一山看書聊天學習，說不定還會蹓到什麼學問家、名家，擺一回龍門陣。熬到八〇年代初，一山結業，大家都交了點學費，我卻掌握到更多兩岸三地書本文化的線索。

胡菊人與我

蘇珊．桑塔格念大學的時候，有一個心願，就是希望終有一天自己的文章能在《黨派評論》雜誌上發表。我在大學時期則相信一點：寫中文文章要登上《明報月刊》，才算是最高榮譽。

據說《黨派評論》發行量僅僅是一千到五千份，但說不定對年輕桑塔格來說，那是所聖殿，門檻自然高，當它的作者不容易，當它的讀者又豈應容易？那是「高額」紐約知識分子的核心刊物。

我在大學預科那年開始看《明報月刊》，上大學後更一期不缺，雖然印象中沒有遇到別的同學跟我談起過《明報月刊》，不過我堅信在大學象牙塔以外，在香港和一個叫海外的地方，有個廣闊的天地，裡面都是知識分子，而他們個個看《明報月刊》。是的，是的，我知道不可能個個看，在台灣是不容易看到，在大陸是看不到，知識分子本來就眾口難調，何況是在一九七〇年代，分歧大著呢。可是平心而論，或者以後見之明，由六〇年代中至七〇年代末，兩岸三地及那個海外還有比《明報月刊》更好看的中文「知—識—分—子」雜誌嗎？就算六七年在香港創刊的《盤古》雜誌，開始的幾年頗有意思，當時兼任編輯之一就是《明報月刊》的胡菊人——胡菊人等離開後，後來的《盤古》讓人沒法看。

七〇年代中我的口味雖已變得嬉皮兮兮、姿態也擺得新左兮兮，心底仍慣性的惟《明報月刊》馬首是瞻，所以當我大學畢業後兩年，重新試著用中文寫文章時，第一篇上萬字的長文是給《明報月刊》，而不是給自己辦出來的《號外》雜誌。

那是胡菊人時期，我當時所有看過的《明報月刊》都是他主編的，心目中他就是《明報月刊》，代表著知識分子。我還讀過他的《坐井集》，看到過他青年導師般的照片，像是認識他，但他卻不會知道我是誰——我只是個未經約稿的首次投稿者。他把這個新人的文章在一九七七年十月和十一月分兩期刊登，上篇放在該刊第一篇文章的位置，並在「編者的話」裡推介。這超出我的期待，受寵若驚。

文章談的是華人移民美國的事蹟，是依據我在波士頓做的論文改寫的。那陣子我寫文章一味追求細節堆砌，不加情感或主觀評語，以爲這樣才夠酷，連標題都不成句的叫〈美國的早期華人移民〉之類，招來胡菊人的修改，出刊時變成〈華人移民美國血淚簡史〉，完全毀了我的酷。文章的最後，我結束得很突兀，卻自以爲是一種反諷的低調風格：「一九四三年，羅斯福總統廢除所有排華法例，每年准許一百零五名華籍人士入美境居留，同時已在美的華人可以歸化美籍。」我該預想到民族感情豐富的胡菊人不會放過我，果然他在我的文章之後另起了一段，補上一句：「華人可以鬆一口氣了。」

說實在的，他這句子在語氣上已經很照顧我了，只是心態上我們是兩代人，他那輩知識分子的花果飄零悲情是我沒有的，更不說我輩很多人根本不肯用知識分子四個字，除非是作反諷用。

我在大學預科那年開始看《明報月刊》，
上大學後更一期不缺，
雖然印象中沒有踫到別的同學
跟我談起過《明報月刊》，
不過我堅信在大學象牙塔以外，
在香港和一個叫海外的地方，
有個廣闊的天地，
裡面都是知識分子，
而他們個個都看《明報月刊》。

文章發表後，當時《明報》副刊主編三蘇也來電約見，一下子得到大佬們的表揚，我繼續裝酷，其實已輕飄飄。現在想起來，兩位前輩扶持新人的慷慨和熱情，值得敬佩。

之後我還寫過一篇談新左文論的文章給《明報月刊》，就再和該刊無緣了。在《號外》出版一段時期後，胡菊人在他讀者甚多的《明報》副刊專欄上給過《號外》相當正面的評價，只補充說可惜《號外》談太多時裝這類沒有長遠價值的潮流玩意。他大概沒想到可能是我們小時候看了他介紹的存在主義，才變成荒謬、虛無的享樂主義者——我是在開玩笑。

我們一直沒有私交，後來他和名記者陸鏗辦《百姓》雜誌，我依舊是讀者，那時候我的很多想法已有所調整，發覺我們之間的差異不大，尤其在正義、良心、知識分子責任問題上，胡菊人仍然是值得信任的。

信任到什麼程度？這樣說吧，假設當時的某一天，我睡意矇矓的給吵醒，有人氣急敗壞的說：這是個大是大非的時刻，你一定要站出來表態，快說，你站在哪一邊？我說：到底是什麼事，給我點時間，讓我先弄清楚狀況……那人說：不行，現在就得說，你站哪一邊？這時候我只得說：好吧，不過你得先告訴我，胡菊人站哪邊？他站哪邊我就站哪邊。

作爲名詞的左派

廣東連州二〇〇六年國際攝影年展的年度攝影師金獎，頒給了年近九旬的香港攝影家蒙敏生。有大陸評論者說：蒙敏生的一組關於文革期間香港的照片，塡補了大家對香港認識的空白。我也是聽到消息後才上網找照片來看，確實挺有意思。蒙敏生的兒子蒙嘉林撰文說「家父在香港一向被歸爲左派攝影師」，「偶爾參加影賽，也不見在傳媒上發表多少」。

左派兩字在香港不只是個形容詞，還是個名詞，大致是指中共港澳工委領導下的，在港英殖民地工作的人員和機構。爲了統戰和教育在港同胞，自少不了文藝工作者和外圍組織。這些人士和組織，也對香港本土文化的建構有貢獻，如長城鳳凰新聯等電影公司，《大公》《文匯》《新晚》等報，商務中華三聯等書店出版社，香島培僑等名校，人間畫會、頌新聲等藝團，《文藝世紀》、《文藝伴侶》、《海光文藝》、《海洋文藝》、《鏡報》和早期的《七十年代》等期刊。

不過，左派人士自覺任務在身，行事往往內外有別，故此外人即大部分港人都不大清楚左派內部情況，如同香港社會裡的一個影子社會。回歸後，左派人士進入主流，亦多了口述歷史和回憶錄的出版，但遠遠沒有說清楚左派在香港方面面的工作。幸而，中央政府對檔案保管一向甚爲重視，希望終有一天可以透明化港澳工委和香港左派的事業，這將是香港學的龐大課題。

香港另一個極小眾的作爲名詞的左派，是托洛茨基派共產黨。五二年，在大陸的托派和同情者全被圍捕，在海外者逃過一劫，部分避居香港。中國托派少數派領導之一王凡西（雙山），則是四九年剛到香港不久就被殖民地政府驅逐出境，寄居澳門殖民地至七五年，後終老在英國。

七〇年代初，急進青年聚集在《七〇年代》雙周刊，此刊不同於左派體制內的《七十年代》月刊。當時本地老托派寫長信向《七〇年代》雙周刊進言，隔代覓知音，以致該刊很多成員後來加入托派，甚至捲入中國托派的派爭。其中一部分在七〇年代末退出托派，留下者繼續在香港出版《每日戰訊》、《十月評論》等報刊。

我認識一個老托派，就是王凡西的老戰友樓子春，即樓國華，筆名一丁，因爲早期《號外》訪問過他的藝術家兒子。樓子春的人像攝影店，那時就在我家附近，在街上踫到總會聊上一回。這位溫文的老先生給我很親切的感覺，可惜當年竟沒有想起向他討教一些中國托派史的議題。他在八六年接受香港《開放》雜誌訪問時，仍元氣十足的解說托派運動不是歷史陳跡，反是「代表著世界的未來」。

香港一直有大知識分子從左派圈出走，查良鏞是一個，另外在香港辦政論刊物《展望》的司馬璐則更早離開左派。七一年林彪事件後，一些獨立思考的香港左派對文革已有所反思，四人幫倒台後，則有一連串事件引致李怡及《七十年代》月刊的出走，值得特別寫一寫。

《七十年代》在七〇年二月創刊，因爲擔負統戰任務，一開始內容就很靈活，沒有文革腔，未幾海外保釣興，《七十年代》積極跟進推動，在北美銷路激增，連周恩來都對該刊的工作加以肯定。那時候華人科學家楊振寧等訪華，該刊也大篇幅報導，遂成爲北美左傾愛國知識分子的領軍刊物，也是左派惟一可與查良鏞的《明報》及《明報月刊》搶海外華人知識分子眼球的統戰刊物。

出現變數的是七六年，周恩來逝世，《七十年代》發表追悼文章，受到香港新華社干預。七七年初該刊提議鄧小平復出，並發表關於民主牆、王希哲和魏京生的文章，都沒有跟香港左派宣傳機構統一口徑，內地的訂戶在七九年已收不到該刊，香港新華社前台灣事務部長黃文放後來說到《七十年代》：「共產黨曾經高度重視過，雙方有過長達六、七年的政治蜜月期，一九七九年之後雙方分手、決裂、敵視」。但眞正讓《七十年代》「出事」的，是來自內地的一篇文章，講的是大陸的特權階層，結果主持港澳工作的廖承志下令封殺。

八一年開始，《七十年代》月刊走出左派陣營，不再屬於作爲名詞的左派。其後在友人和讀者支持下，集資自立門戶，成爲獨立知識分子刊物，創刊宗旨「認識世界、研究社會、了解人生」卻一直登在封面上。該刊在八四年改名《九十年代》，至九八年五月停刊，靈魂人物李怡至今仍是香港有公信力的政論大家。

作爲形容詞的左翼

一九八一年我自費出版了第一本書，叫《馬克思主義與文學批評》，事緣幾年前有一次茶聚，資深文化人羅卡說，現在的新派文化人滿口什麼西方馬克思主義、結構主義，總沒看到有誰老老實實的寫幾篇介紹文章。我心想，對呀，七〇年代都快結束了，這方面還沒有用中文寫成的書，實在有點說不過去，那就我來寫吧。

書由馬克思一直寫到後結構主義，印了一千本，發出去後沒有退書，但亦聽不到任何回應。

同期，留法的大陸學者高宣揚在香港出版了結構主義的入門專著，稍後，馬國明的曙光書店也替周魯逸（魯凡之）出了《西方批判理論評析》一書。此外還有學院和民間學者用中文發表了少量有關文章。不知道他們在香港的感受是否跟我一樣？書是有了，讀者興趣卻轉移了，就像最後一班列車，誤點後終於到站，等車的乘客卻已四散。

在香港，左翼青年人數本來就不多，七〇年代初保釣退潮後，各有山頭。有些轉去專注工人運動，辦《揭露》、《工人周報》等刊物。最受矚目的是托派青年，不過他們鑽研《聯共（布）黨史》的認眞度，肯定遠大於發掘俄羅斯前衛運動或捷克符號學。人數不多的香港無政府主義者對文化很在意，但卻不見得還對馬克思主義感興趣。當時有些曾是紅衛兵的內地知識青年避居香港，辦過《黃河》雜誌，對中共持批判態度，卻仍以社會主義者自居，不過他們也不會去理會歐美流行的學院左翼理論。

七六年後，親四人幫的毛派銷聲，等於說左翼青年人數減了一大半，毛派青年辦的青少年刊物《學生哥》，也變爲開明、益智的《新一代》周刊。

此外只剩下反殖反四人幫的社會派左翼青年。可以說是這批入世未深的社會派左翼青年在七〇年代末出現了短暫的「文化轉向」，點起了文化批判的虛火。

本來，社會派的一些健將如陳文鴻、曾澍基重視的是經濟和中國議題，我記得當時他們分別在研讀東歐的經濟學和新凱恩斯主義，不過曾澍基對文化也有看法，他的小圈子名著《香港與中國之間》就有文章帶頭批判消費主義。加上當時的社會議題，如七八年的金禧事件和七九年的艇戶事件，大概還消耗不完大家的精力，遂玩起文化批判來。

我也在玩文化，批判的、鑑賞的、精英的、流行的都來，當時許多社會派朋友站在政治上的亞基米德制高點，覺得我不可理喻，甚至精神分裂。

我在社會派當時的刊物《左翼評論》塞進了一篇談盧卡契和西馬的文章，又以《號外》爲地盤，夥同《大特寫》雙周刊和香港電影文化中心，七八年六月在藝術中心主辦了一場「結構主義與符號學講座」，收一元門票，講者是林年同與梁濃剛，評論者有史文鴻、李國松、李國威、周兆祥、金炳興、袁立勳、馮志強、馮偉才、曾澍基、黎則奮、譚家哲、畢浩明和我，主持是吳昊，也算是小圈子盛事。

現在想起來，這種研討會應是學術機構的事，輪不到文化媒體越俎代庖，可是時代倉促，學院動作太慢。從講者和評論者的身分看，多是跟電影、文學有關，可見對符號學感興趣的也不是政治上的左翼青年，反而是淺左的洋氣文化人，當時英國的《銀幕》、法國的《*Tel Quel*》等期刊就玩這一套，確稍有趕時髦之嫌。

社會派在七八年底辦了《文化新潮》月刊，標榜新文化人和文化典範轉移，健筆如黎則奮等製造了頗大聲浪。該刊與《號外》在七九年二月，聯同了《大特寫》、《電影》雙周刊、電影文化中心、海豹劇團、大眾文化行動組，在藝術中心合辦了一場由上午到深夜的「香港普及文化研討會」，票價十元，竟吸引到二百多人入場。場外也有好戲，莫昭如和他的無政府同志搞行爲藝術，舉行普及文化葬禮，並塗鴉寫上「害怕也沒有用，新舊文化人已死！」社會學家吳俊雄、馬傑偉、呂大樂在二〇〇六年〈港式文化研究〉一文裡說，那場研討會是「香港普及文化研究的開始」。

不過，那個左翼青年嘉年華只是表面繁榮，甚至可以說是左翼文化在香港的迴光反照，進入八〇年代後，香港只有作爲名詞的左派，卻談不上還有作爲形容詞的左翼。

我的第一本書在香港如掉進了黑洞，卻在台北轉世。當時台灣報禁未開，連馬克思三個字都不能提，卻竟有一家南方出版社敢闖紅燈，把一些在香港出版的左翼中文書，帶到台灣去翻印，據說還有不少台北的大學生看了我那本書，只不過翻印本不單把書名改了，連我這個作者的名字也改成馬國明，大概當時台灣的左翼讀者比較熟悉主持曙光書店的馬國明。

本地改良主義者

七〇年代本地改良主義者的貢獻似常被香港的各種論述所忽略。作爲名詞的愛國左派並不是無時無刻在跟港英政府鬥爭，那要看當時北京的統戰方針而定。作爲形容詞的反殖左翼也不要太吹噓自己的成就，其實他們背後的指導思想：反資本主義、建立社會主義，完全與歷史現實脫節，並且違反絕大部分港人的意願。

那麼，香港七〇年代的自我完善，該歸功於誰呢？我想，務實、漸進、政治上不屬於傳統左派或右派的改良主義者，包括殖民地的改良派官員和堅持社會公義的民間進步人士都應記上一功。

大躍進的後期，大批內地人在六二年湧入香港，當時殖民地政府把難民徙置到荒蕪的西貢坳暫住，生活條件惡劣。在葉錫恩倡導下，大學生組織了大專服務隊，以勞動營的形式助難民改善生活環境，開始了香港大學生社會服務的傳統。

英國傳教士葉錫恩五一年從江西南昌撤到香港，一住五十多年，一生爲香港平民請命，曾被稱爲包青天，這稱呼並不貼切，因爲她不是官員，但可見她在民眾心目中的形象。後來她以非政府委任身分參加市政局選舉，每次都是最高票當選。

市政局的民選議員也有敢言者，影響溢出了狹義市政範圍。六八年，市政局議員黃夢花、胡鴻烈，會同政府華員會會長錢世年及教育界何冬青等，首倡中文成爲法定語言，兩大學學生會響應，另有年輕人劉千石、包雲龍等組成工學聯盟，掀起爭取中文成爲法定語文的全港運動，終在七四年取得成功。

貪污在七〇年代初是殖民地的常態，爲什麼政府會成立廉政專署呢？在廉署的官方網站歷史欄上，我們可以看到很坦白的說法：「貪污無疑已成爲香港一個嚴重的社會問題，但是，政府對此似乎束手無策。普羅大眾對貪風猖獗已達忍無可忍地步，愈來愈多市民就政府漠視此問題的態度公開表達他們的激憤。七〇年代初期，社會上匯聚了一股強大的輿論壓力。公眾人士不斷向政府施壓，要求采取果斷行動，打擊貪污……，學生們在維多利亞公園舉行集會，抗議和批評政府未能恰當處理貪污問題，集會獲數千名群眾響應……。香港政府終於明白到必須有所行動」。「終於明白」這四個字，可圈可點。

香港第一個本地的環保組織「香港保護自然景物協會」，即後來的長春社在六八年成立。協會的綠色觀念很先進，主要人物之一陳立僑醫生在會刊《協調》上寫：「人類是地球的管家，不是主人」。另一名作者質問：「我們懷疑在香港以下這些行爲是否對人類有益：更闊的路、更多的車輛；更大的發電廠以滿足更多的能源耗用量；更花巧和名貴的包裝附在更不知所謂的消費品上……」。

七五年我當記者的時候，遇到社會議題，不會去找內外有別的左派，或陳義甚高的左翼，只能去請教我心目中的「幾個好人」，如葉錫恩與陳立僑，後者大概是當時在墮胎、吸毒等眾多社會議題上最開明的自由派。

陳立僑是有教會背景的。當時香港很多維權或伸張正義的開明人士，都有基督教或天主教會背景。在本地主要宗教中，佛教和道教在社會公義方面表現較差。

當然，宗教界也有保守者。基督教青年七三年創辦的《突破》雜誌，是當年影響力最大的青少年刊物，最高銷量達三萬份，但卻有教會批評該刊談太多跟傳教無關的「社會福音」。該刊在魅力領袖蘇恩佩及一些好人的堅持下，早期靠私人捐款和銷售撐起整個機構。七〇年代初，基督教協進會成立了基督教工業委員會，爲勞工爭取權益，當時一個重要的基督教會曾拒絕撥款資助該委員會。

陳立僑是基督教工業委員會主席，加上有數的幾個人包括劉千石、馮煒文、陸漢斯，在七〇至八〇年代初爲香港的完善作出不可思議的貢獻。

以工人法定七天有薪年假爲例，商界和親北京的左派都大力反對。當時的很多政策如每周一天有薪休息、勞工安全法、解僱補償、工傷保障、公共援助和欠薪保障都受到商界反對，以至英國的費邊社在七六年說世界上沒人比香港商人對這些幾乎放諸四海的改革更多過度反應。

在麥理浩港督主政下，政府的自主性很強，可以不顧強勢特殊利益集團的遊說，做該做的事。

不過，政府內的改良派和保守派官員步伐也經常不一致。我七八年底還在寫文章，聲援基督教工業委員會爭取婦女有薪分娩假期，當時的勞工署長說：女工懷孕為什麼要僱主負責？香港這方面法例要到八○年代才制定，時間上晚於中國大陸、台灣、印度、新加坡、菲律賓、泰國和斯里蘭卡。

政府對基督教工業委員會在早期並不信任，以致該會一名成員因為長期懷疑自己被跟蹤和竊聽而進了青山精神病院。

當時，天主教的孟家華神父也在致力勞資關係協進會，鄧麗莎修女的秀茂坪青少年中心更常支援勞工意識提升活動。此外，還出現了改良式進步主義組織如社區組織協會、教育行動組、天主教正義和平委員會。

到了七○年代末，殖民地已跟從前大不一樣了。

七八年九月的《號外》，我寫了一篇支持改良主義者的文章，建議說「香港政府可以是我們的盟友」，並說：「作為理性的、實際的改良者，我們必須肯定政府一些官員的努力」。那一期我訪問了中產專業人士新成立的壓力團體香港觀察社，問它認爲自已扮演的是什麼角色，該會發言人說：「督促政府，這是最主要及最基本的。曾經有一個相當高職位的政府官員說：無論你們寫什麼，對或不對，政府內至少一部分人受到影響」。民間改良主義者的假設似乎是：政府內也有好人，政府也是會改的，這在七〇年代的香港，的確如此。

到了八〇年代初，香港大致上已蛻變成善治之地，居民自我感覺良好，對法定中文、廉政、七天有薪年假、九年免費教育、廉租公屋、公共醫療、勞工保障、公共援助等等「善治基本建設」已習以爲常，好像古已有之。麥理浩與戴卓爾拿到北京去談判的、鄧小平認爲要保持五十年不變的，正是這個經過改良的新香港。

不想記與不想知

評論家胡恩威最近在《號外》寫，香港的文藝發展是「煙花式」的，曾經在香港出現過、存在過的文化藝術作品、人物、事件，都好像沒有出現過。不想記之外還有不想知，失憶症加麻木症，根本沒興趣知道香港曾經擁有什麼，更遑論將文化傳承編入集體記憶。

鄭樹森在〈中國小說七十年〉一文裡提到四九年以後香港文學的幾件事：

一、一九五六年創辦的《文藝新潮》月刊，「在譯介現代世界文學（尤其是現代主義）方面，就遙遙領先」。

二、六三年出版劉以鬯的小說《酒徒》，「應是第一部眞正實驗意識流的中國小說」。

三、西西的小說，探索了當代小說的各種類型題材，而也斯在七〇年代的魔幻現實主義寫作，「在嘗試的時間及運用的嫻熟，都遠比大陸和台灣爲先」。

官方話語也常說香港得風氣之先，風氣主要是指西洋風氣，今天的新國粹派民族主義者會嘖一句：泱泱文明大國，幹嘛要去沾洋人的風氣。

十九世紀中，有一個叫王韜的清廷通緝犯，逃到香港，住了二十三年，以現在住七年就有居留權的標準，他早該算是香港人了。他一八七四年在香港創辦了中文《循環日報》，是中國第一家由國人獨立經辦成功的日報——之前香港有洋人啓動的中文報刊《香港船頭貨價紙》（後易名《香港中外新報》，由伍廷芳主其事，中國第一批留美學生黃勝編輯，爲第一份鉛字排印的中文報）、《中外新聞七日報》（後改成《華字日報》），及期刊《遐邇貫珍》等。王韜在港期間發表了許多超前見解，論世界大勢和中國自強之道，李鴻章之後，他是民間第一個提出變法的，香港學者羅香林甚至認爲沒有王韜在前，就未必有後來的康有爲梁啓超變法維新運動。

正如香港前民政局長何志平說，香港是亞洲最古老的現代城市。香港進入西方現代是在日本之前。據李培德在他編的《日本文化在香港》一書裡寫，香港在日本現代化早期扮演了「相當重要的角色」，例如，一八五三年日本知識界編印《遐邇貫珍抄本》，就是專門爲了翻譯香港中文報刊上的資訊，五九年還改成《官版香港新聞》，廣爲流傳。美國培里的艦隊叩日本鎖國之門時，翻譯全靠隨隊的香港文人羅森（字向喬），以寫中文字與日本人溝通，後來日本天皇還聘他爲顧問；羅向喬的《日本日記》，是中國人寫的第一本近代日本見聞錄，後被翻成英文，收入《培里艦隊日本遠征記》。明治維新前，日本外交使節七訪歐美，都取道香港。日本要鑄新銀元，工程師經理設備廠房設計皆來自香港，新日幣由香港匯豐銀行協助流通至亞洲各地。一八九五年日本侵佔台灣，管治方面也有借鏡英國人在香港的做法。

不過，香港對新風氣的態度，有時候是扭曲的，例如一九二〇年代初殖民地洋官跟國粹遺老遺少聯手，反對中國的新文化運動、白話文、新文學及新思潮，就是說學西洋可以，但不能學受西洋影響的中國新風氣，爲此魯迅二七年在香港演講時曾加以批評。

不想記與不想知，故也不珍惜。李鐵夫是近代中國第一個留洋的畫家，一九一六年被國際畫理學會納爲第一名亞洲人會員，孫中山說他是東亞畫壇第一巨擘。出國四十五年後，一九三〇年至五〇年大部分時間定居香港，但期間卻爲貧窮所困，連買畫料的錢都沒有。

中國學生周報

論雜誌的影響，五四時期的《新青年》、高信疆主編的《中國時報》人間副刊、八〇年代大陸的《讀書》，都是劃時代的。其他範例很多，不贅。《中國學生周報》的影響遠沒有前面幾份雜誌大，但性質上有相似處，都是對某一代的某一群體起了啓蒙作用。自它七四年停刊後，香港一小撮昔日文化青年還常會提到它，這群人包括我。

在我的成長期，影響我的香港雜誌有《星島晚報》副刊和漫畫版、天主教會的《公教報》、《讀者文摘》、《萬人雜誌》、《中國學生周報》、《香港青年周報》、《年青人周報》、《明報月刊》、《七〇年代》雙周刊和香港大學學生報《學苑》。其中始終在感性上最接近的，是《中國學生周報》，我們一般就叫它

《周報》。

記得每期我在報攤買《周報》後，先翻的一頁不是影評，也不是佔更多篇幅的文藝或社會議題，而是搞笑版，叫「快活谷」——看笑話，這大概是我這樣的中學男生當初被吸引而成爲長期讀者的始因。

快活谷式的搞笑，頗爲麻辣不文，政治不正確，不像我當時家裡訂閱的《讀者文摘》那麼幽默得無傷大雅，所以對男生有一種解放的感覺。譬如當時號稱香港電影王國的邵氏，廣告口號是「邵氏出品，必屬佳片」，快活谷就三番四次說「S氏出品，必屬雞片」。後來香港中文廣告詞流行的諧音換字手法，會不會是源出於此？

不要小看這麼一個小玩笑，對中學男生來說是代表了一種新感覺，惹笑、抵死、粗鄙、沒大沒小，眞的是不點不明，一點即明。我精讀快活谷多期後，想去投稿，可是花了多天時間，絞盡腦汁才擠出一個很破的原創笑話，寄給該版，雖獲登出來並收到幾塊錢的稿費，但我對自己的能力還是挺失望的，而且下了個結論，寫笑話不單賺不了錢，而且遠比寫文章辛苦。

多年後我更知道喜劇劇本最難弄，要人笑是比要人哭或害怕更難，能寫喜劇的人個個天生異稟。

在六七年的《周報》裡，最早讓我看懂的影評是寫台灣中影公司在六〇年代提倡的「建康寫實」片，那應是家長和老師都不反對我們看的電影，爲什麼《周報》兩大影評人石琪、羅卡對它們評價不高呢？噢，原來因爲它們不算是好電影。一下子我的觀影勢利眼就被打開了。及後《周報》一眾影評人推介龍剛導演的《英雄本色》，肯定之餘尚嫌他「寓教化於娛樂」，原來如此，誰再敢高喊文以載道？太好玩了。

不過，批評港台影片並不難，學了幾招功夫就可以對它們指手劃腳。年輕人學藝，偏要找自己看不懂的來看，這就把我們引到藝術片和作者論，前者有些是眞的看不懂，後者——作者論實爲導演中心主義——是把本來看得懂的商業片弄得看不懂。這是崇拜的開始。

《周報》的感動人，還跟我做讀者那幾年某些版面的主編羅卡和陸離的執著有關——有執著就有態度有激情，吸引著有緣人。我當時有所不知的是，羅卡、陸離能按自己的想法編版，是因爲《周報》有一個開明的出版人林悅恆。

中學畢業後，我再沒太在意《周報》，大概是誤以爲自己超越了這份中學生刊物。算起來，我只有幾年時間是認眞在看《周報》的，更說明影響可能不在知識傳遞，而是在視野和心態典範上的轉換。

《周報》創辦於一九五二年，共一一二八期。結束後，它在文學方面的傳承給了《素葉》、《大拇指》等同人出版物，流行樂方面有著各種年輕人周報，電影方面的事業由《大特寫》、《電影》雙周刊去延續，但是它的文化激情、美藝勢利、執著不捨、溫柔叛逆，快活谷的抵死戲謔，電影版的世界主義眼界，換言之它輻射出來的隱性態度和精神，現在想起來，我敢說感應最強的是早期的《號外》。

一張小報的誕生

一九七六年，我辦了《號外》雜誌。

當時我對香港的期刊經營一無所知，如果事前做點市場調研，或咨詢一下行內人，可能就會打消做雜誌的念頭。

當時美國的大城市有些另類周報，帶著抗衡文化遺風，如波士頓的《*The Boston Phoenix*》，《*The Real Paper*》、及紐約出名的《村聲》，一邊論世界大事，爆市政醜聞，一邊談文學、電影、音樂和城市生活，姿態上左傾、酷、沒大沒小。我心想，那不就是以前《中國學生周報》的大學畢業生版，加上《七〇年代》雙周刊的後革命版？美國有這玩意，香港也可以有，而且，我好像也能編。

我惟一咨詢的是中學同學鄧小宇，我在香港念書時之所以會去看歐洲藝術片、讀寶琳・姬爾的影評及蘇珊・桑塔格的《反對闡釋》，聽Carly Simon、Cat Stevens及Don McLean、大三那年竟用平郵訂閱了一年《紐約客》和《村聲》，都是因爲鄧小宇提點或暗示過。對於美東大學畢業的精英該有什麼文化裝備與坎普品味，我完全相信他。

他好像也挺感興趣。這樣，《號外》就註定要做了。他找了一群朋友到我家開會，除了好朋友舞者黎海寧外，還包括歌星陳秋霞、本地時裝設計師馬偉明門市店的經理雷蒙等——只開過一次會，談什麼、爲什麼是這群人，都記不得。

然後鄧小宇把我介紹給更年輕的平面設計師黃錦泉，我們就免費在黃錦泉的「意得企劃」設計公司編第一期，黃錦泉還下場義務勞動替我們排版。

但我需要一個全職的美工。那候時我替劉迺強的《工貿雙周》撰文賺稿費，編輯是我的書店夥伴黎則奮，而劉迺強是我大學的一年級統計學導師，我曾到訪他們的編輯部，因而認識了美編胡君毅，黎則奮說胡君毅想不幹，我說正好我要找人。

胡君毅是個奇葩，他長年航海，精讀《花花公子》、《閣樓》及占士邦系列原文小說，上岸後替英文《南華早報》畫政治諷刺漫畫，是天賜給鄧小宇和我的互補。

就這樣，三人坐上一船，樂呼呼的編起雜誌來，信心爆棚的用各種筆名寫出大堆文章，奠定了後來所謂號外文字風格，惹來衛道之士的臭罵。

當時我掛出版人，胡君毅掛總編輯，爲什麼？因爲政府規定，辦雜誌要登記一個出版人、一個總編輯的名字，以便有訴訟時知道應該告誰。當時鄧小宇是業餘兼義務，我是老闆，員工只有一個胡君毅，我做了出版人，胡只得當總編輯了。後來沒錢出工資給胡，反而叫胡和鄧投錢進來做了第一批小股東。

因爲學《村聲》，最初是八開報紙印刷的周報，又因爲是另類報紙，我建議叫《號外》，鄧小宇說好名字，遂定案。英文刊名叫《*The Tabloid*》，即小報，第六期改成十六開月刊時才改名《*City*》。

第一期印竣後，預先談好的報刊發行商一看到那副寒酸樣子，食言不願發

贊育醫院弄錯血型；
產婦不治
第四頁

CARNEGIE COURSES
簡理機應
該開一課
叫做
如何應付
推銷員
第十頁

THE TABLOID
號外

女超人帶來的夢覺
宣佩佩
第六頁

美沙酮
滋味如何
馬任佳 第八頁

社區組織協會
滋事份子？
石少川 十一頁

十年書璇
幾番新
橫頭磡 十二頁

這是《號外》第一期，
因為學美國的《村聲》，
最初是八開報紙印刷的周報，
又因為是另類報紙，
我建議叫《號外》，
英文刊名叫《*The Tabloid*》，即小報，
第六期改成十六開月刊時才改名《*City*》。

行。折騰一番後，做進口英文書生意的余先生夠仗義，以他的歐美書業公司替我們越行發給報販。第六期後才說服到正式雜誌發行商處理報攤流通。

當時我無知到自以爲是個正常的香港年輕人，以爲我的口味就算不是大眾也應該跟很多人相似，第一期印了一萬份，大概發行了一、兩千份，賣掉兩、三百份。剩下的，由出版人與總編輯親自用手推車送去廢紙店。還好，那時候港島灣仔區橫街後巷還有收廢紙的門面店。

外星人來了

《號外》第一期，我寫了一篇內幕報導，指名道姓說香港一家醫院因輸血出錯害死了一位產婦，雜誌發行翌日，香港的報章都在頭版跟進這段新聞，但沒有一張報紙承認是《號外》第一個披露的。

創刊後沒多久，我們心儀的陸離在報上說《號外》是一群天外怪客辦出來的外星雜誌，鄧小宇和我一致認為這是絕大的恭維，我們一定是做對了什麼。

當時鄧小宇和我跟文化界不搭架，心裡只期待某幾個先進能認可我們，說白了就是《中國學生周報》的幾個編輯、影評人加上唐書璇、也斯、亦舒。果然，這幾個人皆是最快有正面反應的，陸離、羅卡、金炳興願意跟我們見面，戴天請我到他家吃大閘蟹，唐書璇和《大特寫》主編張錦滿叫我們過去喝下午茶，也斯在第三期就開始供稿，亦舒稍後開了個專欄。

要知道那時候是不設稿費的，完全願者上鈎，最早期就仗義相助的包括黃俊東、黃星文、黎海寧、樓寶善、陳少棠、車文郁、張堅庭、藍石、畢浩明、張嘉龍、曾澍基、黎則奮、申明、楊凡、白若華、爛番茄、木魚、桃麗、羅維明、張頌仁、葉富強、陸離、梁寶耳、白韻琴、舒琪、馮偉才、周兆祥、李默、林藝瑛、梁家泰、魯思明、鍾文娟、杜杜、阿化、文綺貞、謝東尼、阿佛、高登等。因爲手邊早期雜誌不齊，應還有漏。

我一直想勾引丘世文寫點東西，但他一直推。他是我同屆大學同學，念英國文學，中學時期已看遍莎士比亞劇作，閱讀量和記憶力驚人。大學第一年我們同住在利瑪竇宿舍，嚇我一跳的是到年終大考，宿舍的英文系三年級生竟要請他來替大家作考前惡補。畢業後他去巴黎遊學了一陣子，還上過羅蘭・巴特的課，回港後任職商業機構。這樣組合的人不寫文章就沒天理了。終於，他塞了一篇超長文章給我，叫《瓶中稿》，裡面都是哲理，我說丘文你饒了我吧，他問：到底要我寫什麼？我想起每次到他家，吃丘太太周雅麗做的美食外，也聽他說童年和職場趣事，笑得我噴飯兼捧腹滿地滾，於是我說：寫點童年往事和職場吧。從此一發不可收拾，文章好玩兼多產，連一些原本是我的筆名都只得讓了給他，另外他以顧西蒙之名寫連載的「周日床上」。當時《號外》每期有專題，擬定後大夥就說：丘文，你負責寫總論，越長越好，他二話不說。這樣的人怎麼捨得讓《號外》停，很快他和周雅麗成了股東，出錢出力。

我的運氣越來越好。有一天，一個髮型奇特的人衝上編輯部來，說他喜歡我們的雜誌，要求加入，我回神一看，這不是如雷貫耳的《七〇年代》雙周刊滋事分子岑建勳？原來他去了英國，在《星期天泰姆士報》當調查記者，做些出生入死的內幕報導，剛決定回港。你想加入《號外》，幹什麼？胡君毅要舉家移民，你來當總編輯如何？這樣岑建勳很快就接了胡君毅的位子。

還有雜誌的永久名譽姑奶奶劉天蘭，出身左派文人家庭，在溫哥華念電影，閒時參加選美或當《號外》封面模特兒，我想：又是一個會寫字的奇怪組合，不加入《號外》太浪費了。

玩歸玩，能存活才能玩下去。加盟的奇人異士越來越多，但收支平衡遙遙

《號外》創刊後沒多久，
陸離在報上說《號外》
是一群天外怪客辦出來的外星雜誌。
加盟的奇人異士越來越多，
但收支平衡遙遙無期，
正泥足深陷山窮水盡的某一天，
突然接到社會名流林秀峰的一通電話，
說他想投點錢入股《號外》當小股東，
問我願不願意接受？
後排自左至右為
林秀峰、陳冠中、丘世文，前為鄧小宇。

無期，每一期出版，都當作是最後一期，正式決定停刊也正式決定了好幾次，但每次因小故又多熬一期，可能是因爲想到一個好玩的議題或收到一些有趣的文章。正泥足深陷山窮水盡的某一天，突然接到社會名流林秀峰的一通電話，說他想投點錢入股《號外》當小股東，問我願不願意接受！

香港眞的是有外星人。

巴西咖啡與海運大廈

一九六六年新的海運大廈落成，是當時香港最大的商場，象徵著時尚、洋氣的新時代，內有一一二家商店，一二〇〇個停車位，另有中西餐館酒吧，包括在商場中庭，仿法式路邊咖啡座模樣的Maxim美心餐廳。

在另一個角落，有一個賣飲料的空間，叫巴西咖啡（Café do Brazil），顧名思義，賣的主要是咖啡，稱它爲空間，因爲它是在那個沒有星巴克年代的一個類似今天星巴克的場域，所謂家庭與職場以外的「第三空間」。在六〇年代中，白天誰有閒去泡咖啡館？大概是有閒太太們、影人、偷閒跑街經紀，和自由職業的文化人，巴西咖啡大概比較吸引後兩種人，這造就了文化小圈子裡的巴西咖啡傳奇。

用今天的眼光，很難想像大商場裡的一家開放式咖啡店對六〇年代文化人的吸引。甚至到七〇年代末，大家都已覺得難以理解。據魏紹恩七八年十一月在《號外》的目擊報導，從國外回來的音樂家林敏怡，首次來到巴西咖啡，當場失望的叫出來：哈，乜呢度就係巴西？名氣與實相的落差太大，林敏怡立即說《號外》應該做一次專題大肆抨擊之，在場的攝影家梁家泰建議來個公開設計比賽替它重新裝修。

當時的巴西咖啡已經重裝修（「低格調的美心」，魏紹恩說），所以特別沒勁，不過，原本的裝潢雖勝過新裝修，卻不是文化人光顧它的理由。對當時的新文化人來說，泡咖啡館是有別於老文人泡的茶樓、浴池、舞廳、豉油西餐館，或洋人的酒吧；對左傾或波希米亞青年來說，在半島酒店、淺水灣酒店、中環告羅士打行喝高檔咖啡，顯得太布爾喬亞了，而且有點侷促。海運大廈像公共空間，人人可進，包括穿牛仔褲或長髮者，所以心情不一樣。當美心的faux法式裝潢跟抽Gitanes煙的文化青年發生基本美學衝突的時候，難得在不起眼的巴西咖啡，喝一杯飲料可以坐半天，那些有長時間不進食本事的文化青年，遂別無選擇的在此生根。

巴西傳奇是莫國泉、馮若漢這些「固定擺設」用屁股坐出來的，日子有功，產生聚眾效應，於是，關懷遠就會踎到吳仲賢，而吳仲賢是個不可能不搞事的人，終有一天會在那裡跟關懷遠說起辦《七〇年代》雙周刊，而關懷遠就在那裡決定加入該刊，如此這般後世就有故事了。

那年代的文化青年都在六六年看過、甚至愛戀過法國電影《男歡女愛》，記得裡面的森巴舞曲配樂，本來大家只知道巴西是個會踢足球的亞非拉國家，盛產咖啡，現在多了這麼美麗的音樂，巴西兩字也變得挺酷。

當然，如果巴西不是在海運，就不會有這場跟當代文化人的奇緣。

社會學家呂大樂曾在英文〈香港的商場化〉一文羅列海運大廈對嬰兒潮一代的象徵意義，那代的名家由陸離到丘世文都寫過海運大廈，它大概是當時最性感的場域。

海運大廈還有一個實際功能：它是遠洋客輪泊岸的地方。那時候，哪個青年不想坐火輪走去外面世界看看。當時有所謂海上大學如「宇宙學府」，訪港時泊在海運，我還上船參觀過、憧憬過。若論我同代人的集體記憶，海運大廈是接近天星碼頭等級的。

我小時候跟父親去告羅士打吃下午點心，到大學自主活動力更強的時候，就去希爾頓酒店、怡東酒店及新開在海運大廈旁邊的香港酒店喝咖啡，竟錯過了巴西咖啡的經典十年，待做了《號外》後才去那裡朝聖，反應就跟林敏怡一樣。

或許香港文化人從來沒有一個共同泡點，從來是四散的，在大會堂低座、藝術中心、外國記者協會、藝穗會、酒店咖啡室……我猜想蔡浩泉、崑南、石琪或葉輝說不定後來寧願待在不知名的街坊茶餐廳——那是另一種美學選擇。如果一定要舉出類似巴西咖啡那樣帶點傳奇色彩的文化人第三空間，之前該是太子道的咖啡屋，多年後是蘭桂坊區榮華里的六四吧。

蘭桂坊前傳及其他

穿越香港中環黃金地段的皇后大道，其中一個T字路口，朝山斜坡那端是一條窄街叫德己立街，原名德忌笠街，沿街上行，皆是小商廈，街廓很短，幾步路走到士丹利街，再向山竄幾步就到威靈頓街。在七〇年代末以前，再往上走，就沒什麼市面了，右邊小巷一條叫和安里、一條叫榮華里，左邊有一條L型巷子叫蘭桂坊，也叫媒人巷。蘭桂坊巷子兩端都接上德己立街，地面有零落的街坊小鋪，路邊有幾家悅人的花檔——現在還保留了三、兩家花檔。

一九七九年一月的《號外》，做了一個專題叫：德己立街可能將是香港最有趣的街道，我在前言寫：德己立街靠山的一段，向來是被人遺忘的，近月因爲幾個人的努力，突然脫胎換骨，這一段的德己立街，加上毗鄰的蘭桂坊及榮華里，只要略事修飾，將是香港最具潛質的新娛樂焦點，因爲接近鬧市，這個地區應該考慮發展爲下一個遊客必到之處、香港的波希米亞區。

早在六八年，Margaret Tancock開了一家叫Things的時裝店，有說是香港第一家boutique，後來改名Birds，地點在德己立街與威靈頓街轉角，顯示了這類精品小店將從中環平地往山坡上移的趨勢。

到了七八年，已有幾家精品小店開到榮華里那一段的德己立街，我的朋友Meg Hui與Sandy Hui開了Bunch時裝店，再往山上走在對街，有挺派頭的傢俱店Interior和男裝店Borsalino，另外在蘭桂坊和榮華里也出現了意大利小吃店、洋酒店、童裝店和工藝品店。同時，《號外》探知全港最大最酷的士高將會開在德己立街。於是，帶著弄假成眞的企圖心，我們空群而出，把德己立街吹噓成倫敦蘇豪、紐約蘇豪，我去採訪正在裝修的Disco Disco的老闆Gordon Huthart，周熙玲特寫Margaret Tancock，鄧小宇約見Borsalino主人Monika Mauriello。

Mauriello說：「中環的租實在貴得驚人，我們找了很久都找不到理想的地方，然後有一天我丈夫把我帶到現在的地方，當時我眞嚇了一大跳，怎可能？

D'AGUILAR ST
德己立街

可能將是香港最有趣的街道

德己立街西面的一段，向來是被人遺忘的，近月因為幾個不同的人的努力，突然脫胎換骨起來。「號外」發覺這一段的德己立街，加上毗鄰的蘭桂坊及榮華里，只要略事修飾，將是香港最具消費的新娛樂焦點。

路邊咖啡座，露天藝術展覽，陽光下的街頭音樂會，波希米亞人的小擺設攤檔，時裝店，酒庫，的士夠格，花檔，外國遊客，本地遊客——這一切都可以在德己立街出現。

德己立街特輯大部份圖片由莫國泉攝

一九七九年一月號的《號外》，做了一個專題叫：
德己立街可能將是香港最有趣的街道。
這段的德己立街，
加上毗鄰的蘭桂坊與榮華里，
只要略事修飾，
這個地區應該考慮發展為
香港的波西米亞區。

兩邊路旁都停滿大貨車，地點又偏，但看著看著，愈看愈覺得這地方有特色，結果索性把整棟大廈買下來」。

在專題前言的結尾，我寫：令人興奮的消息是政府將於明年初替該段德己立街重新鋪路，令人頹喪的消息是政府打算擴大蘭桂坊的交通量，《號外》希望政府重新考慮該區的發展。

雜誌出版後不久，政府有人打電話來說，交通規劃已經改了，從山頂和半山區下來的車輛將會被引接到另一條路，不會讓蘭桂坊交通量增大。我相信這個有遠見的交通規劃變動，對後來蘭桂坊區的發達起了關鍵作用，如果蘭桂坊按原計劃被改造成穿越式汽車分流幹路，就不可能有後來步行街般的場域感。

對二度或多次訪港的旅客，或對僑港外國人的宜居度而言，蘭桂坊、港島中西區蘇豪、灣仔餐飲老區，以至小小的尖沙咀諾士佛台或重慶大廈，可能都要比迪士尼樂園更有價值。

八二年，九七意識在香港燃燒，四名奧地利人成立了一家以一九九七為名的企業，並稍後在蘭桂坊開了九七咖啡餐飲俱樂部。同期，位於蘭桂坊近德己立街轉角的California餐廳開業，老闆兼地主是美國人Allan Zeman，後被媒體稱爲蘭桂坊之父。自此，整個地區皆以蘭桂坊聞名而德己立街反變了該區的旁支，這表示前傳已結束，該進入正傳，故也用不著我多說了。

白開水可以，白麵包不可以

在我讀到林語堂的《生活的藝術》中文版與谷崎潤一郎的《陰翳禮贊》英文版這兩本經典著作的同期，幸運的在一九七九年底邀到尼高與洛珊替《號外》寫世界城市富裕族群的「口味」，不是介紹餐館，而是拿日常食品、飲料來做文章。上述的書和文章皆曾快速的提升了我對「生活風格」的敏銳度，讓我添了一份鑑賞家的姿態，體會到後來學院派所說的「日常生活的美學化」。

尼高與洛珊第一篇文章談麵包，勸大家不要吃白糖及漂白麵粉做的白麵包，建議大家改吃全麥、雜糧之類麵包。文章說：**white bread is out!**

跟著來的文章更神奇。他們比較了好幾個城市，看哪裡水龍頭出來的自來水最好喝。香港的自來水是要煮開後才能喝的，不過有一些城市，喝水只消打開水龍頭就可以了。尼高與洛珊鼓勵大家多喝白水，不過他們文章的重點不在哪個城市的水乾淨，而是誰味道好。我大惑不解的是：自來水還有味道好不好之分？當然有，後來我閱歷多了才體驗到。

寫完自來水，不得不介紹礦泉水。那時候香港沒幾個人喝礦泉水或瓶裝水，只喝瓶裝甜飲料。尼高與洛珊也說：畢竟，對許多人來說，礦泉水還不是跟普通水一樣，既然一樣，爲什麼要特別花錢買來喝？因爲其實是不一樣，內含不一樣，味道不一樣，而且照他們說，連喝的哲學都不一樣。當時他倆還要一個牌子一個牌子的介紹Perrier、Evian，嶗山等，可見香港人對礦泉水的認受才剛開始。我記得自己七八年在巴黎喝帶汽的礦泉水，還奇怪法國人怎麼愛喝這玩意而不去喝開水或可樂。

那篇文章有一句話我一直記得：Evian是煮咖啡最好的水。我至今不確定是否如此。

這樣一期一題，寫到咖啡、紅茶、蛋糕、甜點、果醬、餅乾、雞蛋、冰琪淋、沙拉、芝士、麵條、牛肉等等，盡是對微物的禮贊，像一個世紀前王爾德說一隻門柄跟一幅油畫有同樣價值。

八〇年代是香港的鍍金年代，也是拔蘭地全盛期，吃中菜牛飲干邑佐膳，VSOP是主流，不過藍帶、XO、及路易十三已登場，這情況下尼高與洛珊惟有在文章裡勸大家應把拔蘭地當作飯後酒慢慢品嚐。

他們在八一年寫到葡萄酒，是《號外》在這方面最早的文章，但那時候他們竟要從最基本的葡萄種類和產區談起，由此可見，當時香港雖有酒評家如《明報》的陳非在介紹名酒，但對新富裕階層來說，葡萄酒論述尚在初級階段。試想想，Robert Parker的第一本書《波爾多》也要到八五年才出版。

我念大學時期在意大利餐館喝過平價Chianti，在波士頓時候跟同學買過塑膠瓶家庭裝特大號的Gallo低檔加州紅酒，沒留下什麼好印象，但是八〇年代的波爾多啓發了我。

這些趣味說起來頗雅皮。事實上自從八三年底美國出了雅皮一說，有些廣告界朋友就把《號外》定性爲雅皮雜誌，我不抱怨，也不會否認，因爲他們下了很多廣告單。不過，像尼高與洛珊「白開水好、白麵包不好」的態度，坦白說更符合美國保守派評論家大衛．布魯克斯略帶反諷的二〇〇〇年新詞「布波」：布爾喬亞的波希米亞人。據布魯克斯說，布波的消費守則包括在小事上力求完美及願意多花錢在原本可以是很廉價的事物。

八九年，《號外》主編周肅磐寫了篇長文，試圖重新界定雜誌性質，說《號外》的讀者不算是典型的雅皮，而是香港波希米亞人的變種，他神來之筆稱之爲yu-bohemian，即雅皮波希米亞人。他這篇文章比布魯克斯寫布波，足足早了十年。

舞舞舞

在香港，discotheque或disco曾被譯成的士夠格，後來縮稱的士高，台灣常譯作迪斯可，大陸則譯作迪斯科，簡稱D廳或迪廳。

現在有不少中文論述談到爵士、搖滾、民謠、崩克，甚至評介街舞、滾亂治、嘻哈、瑞舞或電子舞曲俱樂部，可是大家好像有點不屑談的士高。這兩年美國有關的士高論述多了點，但它的源起和早期歷史仍眾說紛紜。

有個說法是的士高開始在納粹佔領的巴黎，當時爵士樂被認爲是混血的音樂而遭禁演，故此在三〇年代極受巴黎藝文圈歡迎的非洲裔美國爵士手只好回美，但是他們的唱片仍在，作爲一種象徵性的反叛，巴黎人在半地下的小酒吧播爵士樂唱片，並隨樂起舞，因爲唱片匯集，遂得disc（唱片）的-theque（收藏館）之名。延伸到二戰後，有說第一家的士高是四七年巴黎的Go Go，也有說稍後的The Peppermint Lounge帶領了風潮。

的士高是指沒有真人在場演奏、只播唱片音樂的舞場，不過，唱片得有人挑選和人工更換，就是說，需要DJ。

六○年代初的美國仍很熱衷跳舞，連甘乃迪總統夫人積葵蓮也公開跳Twist扭腰舞，有說美國第一家的士高是洛杉磯的Whiskey-A-Go-Go，有說是六○年紐約的Le Club，也有說南部非洲裔人的jukebox唱片機小舞場才是第一類型的士高。香港在六五年跟進，半島酒店開了The Scene，頓成高級時尚泡點。當時給美軍渡假的灣仔蘇絲黃式酒吧也播唱片或用jukebox跳舞。

不過因爲越戰、民權運動及由中產白人嬰兒潮主導的嬉皮抗衡文化，美國世風驟變，跳舞不那麼時尚，連舞步都變成自顧自跳、沒有肢體接觸的所謂自由風格。第一波的士高熱潮就此結束。

但至少還有三個族群從沒有停止過跳舞，就是同性戀者、大城內區的非洲裔人、及佛羅里達州的古巴人，各有各的亞文化、特色音樂和舞態，盤踞的飛地可能只是個破貨倉，沒有樂隊，玩的也只是的士高。這就是爲什麼後來的文化研究者認爲，那時期少數族群的的士高文化有凝聚身分認同和宣洩社會壓力的功能。

到抗衡文化退潮、越戰快結束、經濟卻也衰退的七〇年代初，的士高又再吸引主流人群。美國古巴人跳火了Hustle，取代了自由風格的舞步。七五年很關鍵，Van McCoy的流行曲〈Hustle〉讓這種舞步廣爲流傳，一個叫Tom Moulton的DJ兼唱片監製爲的士高提供了革命工具，把七吋的四十五轉單曲唱片延長至十二吋來容納disco-mix，歐洲方面也起哄，Giorgio Moroder替一個在德國的非洲裔美國小歌手Donner Summer監製了一首單曲叫〈Love to Love You Baby〉，如長達十七分鐘的性高潮。七五年仲夏我回香港前，去過波士頓一家新的士高，那享樂氣氛讓我這個還滿腦子抗衡文化的潮流學徒感到時空錯亂。

《號外》第一篇關於的士高文章刊登在七七年三月，作者Philip Seth在緬懷The Scene等六〇年代的士高之餘，還問爲什麼除了短壽的Lectric Radio一家外，至今香港還沒有跟上新一輪的士高潮流？他說是不是因爲本地的同性戀者或黑人不夠凝聚？

這次香港反應是慢了點，但Seth不用操心，紐約的Studio 54在七七年四月二十六日開業後將名揚四海，更重要的是電影《周末狂熱》也將襲港，我們怎會不跟風？香港的士高第二波隨即湧現，七八年將是的士高年，不管是指音樂類型、舞步、時裝或娛樂場所。

Tai Pan Club是挺棒的第一家，雖然它的燈光設備後來被紐約回來的士高設計師李銳碧在《號外》說是屬於「石器時代」。七八年四月三十日Vamp的開張酒會，一網打盡全港潮人，《號外》找了利洗柳楣寫了篇報導，說到耀眼的主人Peter Man和Susanna Chung：「那個女的化裝得妖氣十足，和Vamp這個名字總算拉上關係，至於男的，他的面孔英俊得來完全沒有一絲氣質，正好符合我的審美眼光」。到年底，有四百方呎舞池的Disco Disco將會營業，DJ是Tai Pan Club載譽而來的Andrew Bull，老闆Gordon Huthart對《號外》說：「我們是香港的Studio 54」。有過一陣子，它是。

七八到七九兩年，的士高在香港確很燦爛，比Disco Disco更大的有Disco

Rock，還有Colosseum、3388、New York New York、Taipan 2、Carrot、Another World、Palace、Valentino、Good Earth、Cage、Grammy、Jockey、Thingummy、Cabaret、Large、Talk of the Town、Den、Eagle's Nest、Polaris、Dateline、Zodiac、Mingles、Byblos等，甚至開到龍珠島、華富邨，然後演變回到走高級路線的俱樂部Manhattan。

與的士高大致同期的亞文化潮流是英國崩克，而崩克族是明言痛恨的士高文化的。可能因爲的士高容易商業化，因此也較少有文化研究者去談論它。

補記：The Scene在六九年放棄的士高，增添樂隊演出。那時候的香港，除了夜總會（很多有菲律賓樂手組成爵士大樂隊）及舞廳（有舞小姐）之外，還有打band舞吧如Blow-up，Purple Onion，Fire Cracker，Top Gear、Downtown等，著名打band演出者包括羅文的Roman and the Four Steps及溫拿。The Scene在七七年結業，打Band舞吧也將讓位給的士高。

時裝紀元

在七〇年代中，中環寫字樓區的午膳時間，最擁擠的地方不是餐館，而是兩家時裝店：天龍、Suzuya。它們的共同點是日本時裝，但不是當季大名牌，而是上季尾貨及中價貨，正適合廣大女白領的經濟條件。天龍的老闆徐龍對《號外》說：「日本人消化了法國人，亞洲人尺碼較小，完全靠法國樣子，結果是衣裳看得見，人看不見了」。

香港最早的設計師專賣場是Hanae Mori森英惠的店，位於海運大廈與香港酒店的交接點。她是日本設計師中最早在美國闖出名堂的，不過她的香港店也只賣季尾貨。

這種情況不可能延續太久。一群日本設計師在本國和歐美積累多年後，幾乎同期在七〇年代大放異彩，關西的山本寬齋在倫敦、以「森林日本仔」爲牌子的Kenzo高田賢三在巴黎，率先辦時裝表演而成爲寵兒，緊貼登上世界舞台的是三宅一生、山本耀司、川久保玲。

香港的有錢時裝發燒友當然不甘心守候到季尾甚至翌年才買今季的日貨。Joyce開始悄悄引進幾只日本牌子放在歐洲貨旁邊。另外，Allan Cheng和Doris Fung夫婦跳脫商業鬧區，在尖沙咀柯士甸道開了Pink House，專賣當季日本名牌時裝。

《號外》似也特別鍾愛這股日流。錢瑪莉七七年開始寫的連載故事，名字叫「穿Kenzo的女人」，時裝設計師首次上了中文小說名號；楊凡赴紐約拍攝七八年秋季三宅一生在美國的大秀，地點是Studio 54迪斯可，也是繼日本大阪後，美國本土第一次的全非洲裔女模特兒演出。我相信當時許多本地時裝人也覺得興奮，如果日本設計師可以在歐美出頭，其他亞洲人假以時日也有機會。

我的第一件日本時裝——Bigi的襯衫——是七九年在Pink House買的，之前沒想過自己會花接近歐洲名牌的錢去買日本貨，鼓勵我嘗試的是那家店的經理梁裕生。到了八〇年代，香港已完全愛上日本設計，明星也穿日本衫，娛樂圈特別火的是由Irene Lau與Ricky Sasaki帶來香港的Matsuda。

梁裕生的兼職是《號外》的時裝編輯。他在加拿大學時裝，七八年回香港。之前，我和鄧小宇都覺得時裝大潮山雨欲來，作爲城市雜誌我們不能不寫它，但作者難求，惟有自己執筆，並叫亦舒、白若華、白韻琴幫忙寫點帶到時裝的文章，換取時間以物色作者。

梁裕生行家出手，七八年十一月無畏的寫了〈下一個十年的時裝〉一文，開宗明義說：「今年冬季的尖端時裝，將會有一個革新的轉變，因爲一九七八年是七〇年代的結尾」，當時流行的無結構垂膊潮流將逐漸淡出，結構又回潮了，其中最大特色，是倒轉三角形的寬膊，他預言般說：「所有衣服組合，將會全部或局部依照這形狀，倒三角型平的上邊，將特別被誇張，大部分衣服的肩頭，由大衣、上裝至T shirt，都會看到一層層的肩頭墊，把肩頭的闊度加上一至兩吋之多」。文章在十月初交到我手，同月稍後的巴黎成衣展確證了這個大趨勢，Kenzo、Claude Montana皆把墊膊擴到極致，加上Gianni Versace和Giorgio

Armani，引來隨後十多年的大膊頭潮流，任何資深時裝倖存者大概都忘不了這段不可思議的穿衣史。

從梁裕生任時裝編輯開始，《號外》正式買了入場卷，參與推進方興未艾的香港時裝紀元。

當時，歐洲設計師掀起了第一波中國風格熱，不過在中國大陸，時裝另有它的軌跡，女生由燙頭轉短髮、由穿紅色衫褲改成高領羊毛衫及的確良白裙子。沒什麼人注意到，八一年十一月，一名住在法國的中國女人，從巴黎去北京，路經香港停留了幾天，楊凡和鄧小宇在這邊接待她。這名持中國護照的女人叫宋懷桂，回北京是爲了籌備皮亞卡丹的時裝表演，因爲想省錢，模特兒除了兩個是美國來的，其他全要在北京找，踫巧遇上「李爽事件」，中法關係有點緊張，法方工作人員簽證遲遲拿不到，宋懷桂遂叫楊凡和鄧小宇赴北京替她打氣，助她挑選並在演出前兩天培訓部分第一次上天橋的新中國模特兒。這次北京飯店的演出，將來的中國時裝史定會記上一筆。四分一個世紀後，這回輪到我們等著看大陸時裝設計師在巴黎、紐約的表現了。

穿衣記

二〇〇六年底在《號外》三十周年酒會上，踫到早期雜誌的封面名模余嘉文，問了她一些關於當年香港模特兒的事，沒想到隔天她傳來電郵，內容豐富，全文引用如下：

「正當這個年代的超模人人身兼數職，既上天橋又拍電影，做電視台節目主持，剪彩，代言品牌更出書做才女，樣樣皆精，廣爲大眾認識之際，我不禁回想起七〇年代，模特兒行業實在非常專注，是一個充滿神秘感的行業，要受錄用和認同，實非朝夕之事，而知名度亦僅限行內範圍。

當年有多位星級台柱地位超然。在我印象中，Judy文麗賢是香港的第三代

model，師傅是源思敏，師祖就是香港時裝界歷史上第一位模特兒Mei Ling Chan。與Judy同期的有Barbara鄧拱璧（曾嫁影星曾江，現在是名伶阮兆輝的太太）、Rosabella梁舜怡（方剛妹妹）、Paulona柴文意、Christine許愛蓮、Christine許珊、Ann Marie王安娜、巴巴拉白嘉麗和妹妹白嘉莉、Judy Washington……稍後期一點的有：Kitty韋潔慧、Joanna Brook布泳玲、Linda張伶琳、Ellen劉娟娟、Shirley曾素麗、Polly鄧錦群、Mabel鄺美寶、Stella顧明香。這時加入我Grace余嘉文、Jacqueline呂愛群、Gigi李碚琪、Lorletta朱玲玲、Carroll Gordon古嘉露、Anita趙玲、Suzanna鍾碧華、Flora Chong Leen張天愛、Diana Hayes……還漏了喬家芙那麼紅的名模，她和韋潔慧都嫁給當紅攝影師。

男模有：Bambi林早明、Chris Hunt洪占、Peter文方、Raymond蘇源強、Sunny方剛、Philip李大經、Paul Kwan、Francis Patrick……

七〇年代初至八〇年代中是時裝界最活躍的年代，最早期引入香港的外國品牌多半是經瑞興百貨公司代理的，如皮亞卡丹、尚路易雪納等，所以瑞興在當年的確很威風。後來不獨有百貨公司代理各進口名牌，多間專售歐美名牌的大型精品店也應運而生，先有大班廊（Tai Pan Row）、姊妹店珠城（Pearl City），後有何琍琍連開三店的藝舍一二三（Act 1, Act 2, Act 3）、Green&Found、Joyce、Swank Shop……本地設計師亦不甘後人，紛紛開設專門店，馬偉明是表表者，全盛時期在金巴利道坐擁三店：Vee、Walter Ma、Front First，一時無兩。張天愛亦先後開設多間名爲Palova的店，自家生產高檔貨。鄧達智更不用多介紹，仍然與時並進，並作出多項嘗試如出專書介紹旅遊景點、飲食心得等，另一越過界例子。

這社會孕育不計其數的才子才女，令這城市得以保持大都會的美譽，各人都應記一功！

大家一起齊心努力，力保香港這不敗之城吧！

後記：寫中文很費神，用掌心雷更可憐！」

謝謝嘉文的費神和對大家的忠告，我收到稿費後請你去茶餐廳飲港式奶茶支持本地經濟，順便游說你用掌心雷PDA繼續發功，告訴我們多一點關於不敗之城的前朝風光。

名模史、名店史，名牌在港興衰演變史，溫故知新，可以增進大家對香港的認識，正如鄧達智、黃源順編的《時裝人氣五十年》書名所提示，這些細藝在香港至少已經有數十年的歷史可供把玩，一定有很多可以勾起大家集體記憶的材料和有趣的社會史學角度值得去好好疏理。

或多或少，每一代的成長離不開服裝。我初中時只想要一條正牌利維斯牛仔褲，當時心目中的名店是佐敦道拔萃女書院旁的Jones Wong，後來卻在斜對面的立信大廈某樓上單位折價買到一條，大概是當時本地製衣業的出口剩貨。

有一次跟香港時尚楷模、高雅的Tina Viola談起時裝界往事，說到百年老店連卡佛在六〇年代引進掀全球迷你裙風尚的瑪麗關，還說到中環告羅士打行的名店慕愛、第一家本地設計師時裝店Om Shop、第一個新派髮型師Giovanni Pucci，及Joyce前身永安公司的Diamond 7，另外數風騷時尚名流的源頭，憶起半島酒店The Scene年代的大豪客Bobby To。嘉文，大都會果眞不是一天建成的。

一九七八年，
梁裕生任時裝編輯，
《號外》正式買了入場券，
參與推進方興未艾的香港時裝紀元。
這是一九七九年《號外》
中國靈感時裝特級的照片，
模特兒是劉天蘭和杜嘉麗。

遲來的設計意識

一九七六年底，我接到一個外國人的電話，自我介紹名字叫Henry Steiner，是個設計師，很喜歡剛出版的《號外》雜誌，還請我去他的辦公室見面聊天。在《號外》的最早期，Steiner是主動給正面反應的文化前輩之一，讓雜誌多了堅持下去的動力。

當時並不知道他是誰，原來他六一年來香港，是爲了做一個合約期只有九個月的雜誌項目，結果就留下來了，改了個中文名叫石漢瑞，設計了渣打銀行的港元紙幣、匯豐銀行的歷年年報及後來舉世知名的六角形企業商標，成了那時候香港名氣最大的平面設計師，八一年就被極挑剔的國際平面設計精英組織AGI接納爲會員，並在九四至九七年出任會長。

他本來是學畫畫的，五〇年代末有個老師建議他去耶魯學平面設計，他還問：什麼叫平面設計？

對呀，什麼叫平面設計？石漢瑞在五〇年代末不知道，我到七〇年代中還弄不清楚。當然，那時候我已經有各種各樣的審美意識和無意識，也聽說過有時裝設計、室內設計和建築，甚至在工業年展會上看過紅A塑膠產品或金錢牌熱水瓶等工業設計，沒有注意的反而是平面設計，這就表示自己的整體設計意識不強。回頭看，七〇年代中是香港設計起飛的第一期，一些先知先覺的青少年如當時還是學生的劉小康就已經著迷，可是設計作爲一種觀念或獨立藝類，卻還沒有進入許多跟我同齡或更年長的一般人的知識結構裡，不像今天各種產業都大談設計，年輕人像喝設計奶汁長大。

當時從報刊上我看到呂壽琨、王無邪的名字，大學第一年還特意去到香港大學建築系聽了一次呂壽琨的演講，但一直把他們歸類爲現代水墨畫家，沒有注意到他們與本地設計的關係，如果那時候挖深一點，就會追索到中文大學和香港大學的校外進修部設計課程，知道大一藝術設計學院、紅磡工專是什麼回事，注意到一個叫First Picture Show的設計展，讀到《文學與美術》、《文美》雜誌，並會早點聽到鍾培正、石漢瑞、何弢、施養德、靳埭強、張樹新、蔡啓仁、廖仕強、余奉祖及陳幼堅的名字。

尖沙咀金巴利道某大廈的二樓，有一家日本書刊的老牌專賣店，叫智源書局，我不懂日文，卻常去打書釘翻雜誌，順便看到不少影響過香港的日本平面設計師作品，如橫尾忠則。靳埭強與陳幼堅皆對我說過橫尾忠則的重要性，而後者對施養德的影響更是明顯。

施養德於八〇年代初成爲《號外》的夥伴，並重新設計了版式和開本，進一步提升了《號外》的設計感。施養德的版式設計之於《號外》，就如橫尾忠則之於日本時尚雜誌《流行通信》。

我的版式和圖片啓蒙老師是早期《號外》的同人，包括創刊夥伴胡君毅；拍人物照和封面照的梁家泰、盧玉瑩、辜滄石、陸叔遠、楊凡、毛澤西；大一出身的美編雷志良。

特別一提的是曾在大一學插圖的六個年輕設計師，郭立熹、黃健豪、吳鋒濠、蘇澄源、莫康孫和李錦輝，七五年成立了「插圖社」，在七九年的初夏自告奮勇要替《號外》拍封面及時裝大片，這對《號外》以至當時的一般本地雜誌來說都是大手筆，沒有義工可負擔不起。七月號的封面和時裝特輯，「插圖社」眾人擔任美指兼版式設計，帶來的團隊是：模特兒Grace佘嘉文、攝影師梁家泰、服裝統籌師譚燕玉（沒錯，即是Vivienne Tam）及髮型師Simon Wong。現在回望，七九年的五期「插圖社」封面和時裝大片都是超前的香港設計經典。「插圖社」的成員，平常在髮型、衣著、氣質、行爲、工作和生活空間，方方面面都充滿設計感，好像他們是爲了設計而活著的，在近距離接觸後，對我衝擊很大，讓我眞正感受到一個設計新時代的來臨，爲這份遲來的醒覺我感激「插圖社」的朋友。

香港設計的本地化

六〇年代末，設計在香港亦叫商業美術、實用美術，名稱尚未統一，不過已經有點基礎了。

石漢瑞師出名門，在耶魯的老師Paul Rand是設計商標、廣告和企業形象的傳奇人物，美學上屬於由歐洲移植到美國東岸的現代主義。

六〇年代中從美國回來的王無邪，除了教中文大學校外部設計課外，還寫了《平面設計原理》一書，介紹的是包浩斯的課題，當時北美的重點設計學校都已是師隨包浩斯的了。據美學研究者文潔華寫，有人認爲呂壽琨的水墨畫，在線條和顏色的運用上也受到包浩斯影響。

現在我們提到呂壽琨、王無邪，想起的是他們的水墨成就及藝術主張，忘了他們也在香港設計的起步階段扮演過教育角色。王無邪認呂壽琨爲啓蒙老師，而七〇年已經得設計獎成名的靳埭強稱王無邪爲老師，水墨畫與設計雙軌發展，他們三人加上梁巨廷、張氏兄弟和大股東呂立勳等圈裡人在七〇年創辦了大一藝術設計學院，開始時只在夜間業餘授課，其中一個在那年上了九個月課的學生是陳幼堅。

大一至今仍自稱是「承接德國包浩斯學院構成主義爲教學藍本」。

這是種張力：設計與水墨畫、現代與傳統、西方或國際風格與東方或本土特色如何對抗、交雜、融滙，相信曾是香港水墨畫家和一些平面設計師的共同命題。七〇年代中以後，設計行業更成熟了，不過當年的平面設計師如施養德、靳埭強、余奉祖、陳幼堅都是做廣告設計的，商業壓力逼使他們拿出有效創意而不是發宣言辯立場。結果，設計界是各種風格並存不相悖，市場導向，喜歡就是好。

不過也會有人想：能不能作更好的結合呢？

這可能解釋了爲什麼一些日本設計師如橫尾忠則當時這麼有啓發性，因爲他們做了個示範，原來民俗、傳統、波普的本土元素，不避雅俗古今東西，都是可以與現代設計理念結合的。

此外，七〇年代不單是現代主義國際風格面臨挑戰，也是任何藝術上的純粹主義受到質疑的年代，波普塗鴉概念裝置藝術、後現代建築、壞藝術、反設計、工藝美術、北歐軟性現代、刻奇以至稍後曼菲斯傢俱設計、懷舊半唐番拆衷主義室內設計、崩客街頭日本服裝設計、異域異族髮型首飾設計、人體工學環保工業設計、粗陋拼貼平面設計等等的湧現，使得設計界有大量可供借用的資源，衝破以前的國族主義或現代主義的概念枷鎖。

靳埭強曾反問自己，以水墨來畫波普，最後會否變成垃圾畫？陳幼堅曾在四家大廣告公司打工，發覺洋人創作同事喜歡那些一般香港人不重視的坊間設計，爲什麼有這樣的審美錯位？後來他們都能夠通過在設計領域的實踐解答了這些問題。

就港式設計來說，觀念上最重要的突破，可能是給了所謂本地元素一個比水墨界更包容更務實的演繹。當年香港水墨界充滿使命感和爭議的論述，凸顯的是中與西、傳統與現代的命題，可歸總到呂壽琨的率性從心、王無邪的「回到東方來再出發」。可是，那一輩的現代水墨畫家雖然皆意識到香港中西交匯的獨特性，在轉化中國傳統及回應西方當代的同時，卻稍嫌對當代的本地特色注視不足。

設計界則由石漢瑞、靳埭強至陳幼堅皆用上本地元素，態度與格調各異，加起來卻微妙的把命題從東方或傳統——往往指儒釋道的大傳統，轉換並且落實爲本土與民間，設計元素因此可以是我們小時候見過的現代化早期的商品商標，可以是傳統小工藝或嶺南民俗文化，可以是人民共和國或殖民地的圖徵，可以是大老倌大頭綠衣大種乞兒金牙大嬸，可以是福祿壽紅孩兒歡喜佛茅山道士，也可以是太極、八卦、竹簡、毛筆書法，管它是廟堂還是江湖，同時，歐美日本及本地的流行文化都市符號伴著大家長大，都是廣義本土的一部分，故此，旗袍、算盤、戲曲臉譜、文房四寶可以提供設計靈感，竹棚、木凳、點心蒸籠、廉價紅白藍塑膠袋可以轉化爲設計藝術品，設計界因爲運用到本地特色而溢界佔據了香港視覺藝術的中心位置。

看，我也會畫毛筆畫

我該怎樣去寫，才不會給大陸美術界的朋友臭罵呢？因爲，事實是有點難以置信的：上世紀六〇年代香港一群初中生，在美術課繪的水墨畫，理念上和技法上大致已經預示了八〇年代以還的大陸當代新水墨畫。

那個時候香港的小學生都練習過寫毛筆字，只差沒人告訴他們，這個功底是可以用來做水墨塗鴉的。香港中小學的美術老師竟也沒有想到，向有毛筆基本功的學生教授中國水墨畫可以事半功倍。

六六年我在耶穌會的九龍華仁書院念初中二，美術課老師是譚志成，可惜譚Sir當時教我畫的是水彩畫。二年級後，就沒有美術課了，我也從此再沒畫畫。

那年秋天的新學期，譚志成突然在一、二年級的美術課裡，棄水彩，改教水墨。他想，如果美育可以通過西洋畫來成就，爲什麼不可以用中國畫？這想法已孕育了一陣子，但不敢推行。他寫道：「遲遲未於實踐，是因爲在學校從事一項前人未曾做過的教學實驗，不是自己個人的事，不能草率爲之」。

給了譚志成鼓舞的是備受爭議、極有個性魅力的香港新水墨教父呂壽琨，當時兩人並不認識，譚志成只是去香港中文大學校外課程部聽演講，聽呂壽琨強調學中國畫不應模仿前人或老師，必須誠於一己。這是呂壽琨畫見的其中兩大主題：一、罵明清至當代的國畫師要求學生模仿老師的家法陋習，指出中國畫是臨摹創新並重的，二、重申中國藝術精神在於率性從心的澄懷之道，如明末石濤的「我之爲我」。

呂壽琨的言論，當時受到保守傳統派及全盤反傳統派的兩面夾攻，不過卻堅定了譚志成在初中美術課裡教水墨的決心。

但水墨畫該如何教給初中生呢？譚志成曾隨袁峰、張碧寒、蕭立聲、周士心學國畫（另跟陳福善學素描和水彩），「體會到我不能重複用我自己跟大師們學中國畫的方法去教導我的學生，我不應該用以臨摹爲主的傳統國畫教學法施教於我的中學美術課程之中」。

於是譚志成自創十二題水墨課程。多年後回看，最有價值的就是這個教法，原來那些學生可以這麼快上手，更重要的是：可以這麼快開竅。

十二題如下：一，毛筆跟紙墨水的運用；二，只用墨不用筆；三，點和線；四，三角形；五，多邊形；六，弧線、圓形；七，形的組合。經過這一輪後，學生已經找到一點技法的感覺，才放他們去畫八，寫生；九，風景；十，香港九龍新界；十一，中國傳統繪畫；十二，幻想與創新。

一屆一屆的教了五年，我那小三歲的弟弟陳冠平剛趕上。這期間譚志成業餘進修拿到香港大學中國繪畫史碩士位，於七一年轉職到香港博物美術館，多年後出任香港藝術館總館長，並且是香港的新水墨運動的中堅分子。

這樣，三十多年過去了，十二題水墨課只成了那幾屆學生懷舊的話題，直到譚志成退休後整理舊藏：「才發現和我的繪畫綑在一起的學生作品，狀況還十分完好。當我把它們一張一張的檢看時……發覺留下來那批學生的作品中，雖然是三、四十年前由十三、四歲的少年所作，有些和今日一些當代大師們的新創手法竟相類似，有些則是至今中國畫壇仍未出現過的新內容和新風格」。

這事傳出去後大家都傻眼：這批學生作品太超前了！現任香港藝術館總館長鄧海超寫：「一位學生的作品，繪畫樹根懸浮於長城上空……令人聯想到今日藏於香港藝術館水墨畫大師吳冠中所作的一幀《樹根圖》，是如此殊途而同歸。另外一位中學二年級學生在一九六九年所繪的《未來世界》……比之於數十年後日本動漫大師宮崎駿的著名動畫《天空之城》，能不令人驚詫……很難想像到這是四十年前的一群年輕學生的實驗性作品，比之於今日的水墨畫，他們在創意和技巧上，絲毫沒有遜色」。

華仁學生不可能這麼出色，只是譚Sir找到了一個殊勝的美育法門——在四十年前，後來被忽略了，最近重新發現。

他們都聚在香港了

當《號外》在一九七七年五月刊登榮念曾寫Meredith Monk，其後的Robert Wilson及榮自己創作的概念漫畫的時候，我對後設藝術、非敘事舞台表演都不甚了了。榮念曾首先吸引我的是他那身寬衣闊褲打扮和通達但懾人的神情，讓我想像他是位紐約派文化人，跟我在波士頓見到的學院知識人不一樣，於是，特別想跟他套點交情，遂應他邀請，硬著頭皮，替他七九年十月在藝術中心辦的漫畫個展寫了個場刊的序，並參加了開幕那天在展場的《破紀錄》演出——那是榮念曾在香港導的第一齣戲，而我的角色只是按照他指定的路線圖走來走去，口中自顧自重複的唸著幾句台詞。演出時，即興藝術家郭孟浩大概按捺不住只做觀眾，還搞了些即興小顛覆。

香港的粵語戲劇表演，可能是跟二九年廣東戲劇研究所在廣州成立的同期展開的。據說，三〇年代的社團，如香港政府華員會、華人文員協會、中國基督教青年會都排演話劇，連中學如培正、英皇、模範，都有話劇組織。四九年起，教育司署共辦了十一屆校際戲劇比賽。另外，五五年至六〇年英國文化協會辦了六屆藝術節。民間劇社常演出的有中英學會、中青、春秋、業餘、世界、香港、銀員、嶺東、學生周報等劇社，當時。南來文人如姚克、柳存仁等也跟香港劇壇有交往。大專院校除各自演戲外，還每年舉辦學聯戲劇節，甚至中學也聯合成立了校協戲劇社。另外還有僑港人士的劇社，如The Garrison Players、Hong Kong Stage Club。

由六〇年代進入七〇年代，不用說，旗手是耶魯回來的鍾景輝。當時前輩如李援華、陳有后、莫紉蘭仍活躍，同時麥秋、汪海珊、黃百鳴及眾多年輕劇人湧現，蔚然成風，特別在七五年曹禺戲劇節後。

至於前衛劇，英文版可能濫觴在香港大學英文系，中文衝擊則來自六五年創刊的台灣《劇場》季刊——據資深文化人羅卡說，是邱剛健把《劇場》帶到香港的。在七〇年代，香港除了布萊希特劇場外，也有演出《等待果陀》、《犀牛》等的荒誕劇場，及莫昭如等的街頭劇場。到了七〇年代末榮念曾登場，前衛劇場的光譜就撐得更寬了。這還沒說到八二年他發動的「進念二十面體」。當然，前衛只是個方便的說法，跟有沒有娛樂性無關。

香港的文藝硬件和機構建設，在七〇年代有著飛躍。

七三年開始，香港每年舉辦國際藝術節，第一屆眾多節目中包括請來了傅聰和小澤征爾。

殖民地政府也用了點力氣，陸續成立香港管弦樂團（七四年），香港中樂團（七七年）、香港話劇團（七七年）、香港芭蕾舞團（七八年）、中英劇團（七九年）、香港舞蹈團（八一年）、演藝發展局（八三年），及大專級別的香港演藝學院（八五年）。另外，大會堂博物美術館（六二年）改組爲香港藝術館（七五年），香港當代藝術展（六九年）升級爲香港藝術雙年展（七五年）。

香港藝術中心在七七年正式啓用，從此演出和展覽多了大會堂以外的一個穩定場地。藝術中心本身更是生成各種文藝活動的策劃中心。在接受《號外》

魏紹恩訪問時，中心創辦成員之一 Neil Duncan當時已識見到：「太過注重或者依賴於西方藝術家是錯誤的，眞正的發展來自本土」。台灣旅港作家施叔青當時在藝術中心負責亞洲項目。

七九年十月，曹誠淵創辦了城市當代舞蹈團，又聚集了一大票表演藝術的奇人異士。

七八年十一月至翌年二月，藝術中心舉辦了前後三個月的「香港音樂新環境」，標誌著現代「嚴肅」音樂要在香港浮上水面了，參與演出的本地音樂家有林樂培、林敏怡、曾葉發、紀大衛、施金波、羅炳良、陳健華、黎本正、何蕙安等，國際表演者裡的華人有許博允、許常惠、周文中。

同是七八年十一月，一百多名本地藝術家下鄉，到新界新城鎮屯門一間中學，室內擺放著楊善深趙少昂王無邪劉國松陳福善黃祥梁巨廷周綠雲顧媚陳餘生金嘉倫韓志勳鄺耀鼎李東強夏碧泉等等等，嶺南派、新水墨、架上油畫、版畫，各門各派都在新界蹓面了，室外，郭孟浩帶頭點火搞happening，並展出光管雕塑，梁曼妮弄概念裝置，麥顯揚玩他的面盤水浸手腳殘肢斷頭，眾聲喧譁的彷彿在說：我們都到場了。

七〇年代後期的香港可以看到國際最好的演出，以現代舞爲例，由Alvin Alley至Pina Pausch都在那幾年來演出過。同時，較冷門藝術也都有了本地的示範人物，如歌劇盧景文、現代音樂林樂培林敏怡、舞蹈文漢揚鄧孟妮劉兆銘黎海寧、反沙龍攝影梁家泰、跨媒體裝置藝術蔡仞姿、陶藝麥綺芬、藝術貿易張頌仁董建平、多面體榮念曾。

七〇年代末他們都已在香港聚集。

布萊希特之城

二〇〇五年，品特拿諾貝爾文學獎，北京熟品特的人較少，媒體朋友問誰能寫品特的介紹，我心想：七〇年代初香港大學英文系的那些高材生，大概都能寫，起碼能寫品特的戲劇作品。

我一向習慣浪漫化七〇年代初念英國文學的港大同學，總覺得他們是亞諾德、利維斯偉大傳統的遠東倖存者，頭上有光環，在南中國荒島念著喬叟、莎士比亞、艾略特，在殖民地邊城侃著毛姆、康拉德、格連，在陸佑堂陰暗角落細味著勞倫斯的情慾，連歐風美雨都不屑一顧，不知人間何世，像最後貴族。

這是我縱容自己的主觀想像，其實就算從個人的接觸經驗，當年的英文系還是挺進步的，尤其是在它的戲劇實驗室。我曾經跑去英文系參加過系內的歐洲與日本劇目演出，看過品特及尤涅斯科的劇，以及七三年由林愛惠與Jack Lowcock合導、劉天賜改編、粵語的布萊希特《沙膽大娘》。

中國第一齣公演的布萊希特劇，就是《膽大媽媽和她的孩子們》（《沙膽大娘》），五九年黃佐臨導演上海人民藝術劇院演出。

我一向知道港大念英國文學及比較文學的歷屆師生都演布萊希特劇，但直至最近看了盧偉力的《香港舞台》一書，才清楚英文系對布萊希特推廣及研究的特殊貢獻，才發覺香港是一個布萊希特之城——我猜想，除了東柏林外，或許還有首演過好幾個布萊希特劇的蘇黎世，世界上可能沒有幾個城市曾經公開演出過這麼多布萊希特劇作。

在英文系剛畢業的黃清霞，六六年在大會堂導了英語《四川善人》（《四川好人》）。七〇年，英文系師生演出了《高加索灰蘭記》。及後就改成粵語演出了：七三年《沙膽大娘》，七四年《四川善人》，七五年《常則與例外》，七六年《三便士歌劇》（歌唱那部分用英語），七七年《灰蘭記》和《手段》，七八年演關於布萊希特的《我、柏圖．布萊希特》。

之後香港眾多的民間劇團也紛紛接著上，除了上述有幾齣劇被多番重演、重改編外，歷年來還改編演出了《人等於人》、《大團圓》、《第三帝國的恐懼和災難》、《禁葬令》、《無情城市》、《巴奧》、《說是的人及說不是的人》或《同意者、反對者》、《教父阿塗發跡史》或《教父阿拉》、《阿茜的救國夢》，及歌舞劇《七種誘惑》。另有帶布萊希特色彩的製作如《翻身》、《大路》（又名《長征》）、《沙膽大娘vs.沙膽大娘》等。學校或工作坊內部演出不計算在內。

政府全資資助的香港話劇團在七七年成立，第一年的五個演出劇目既反映當時香港的各種戲劇取向，也顯示出企圖心：一、周勇平、馮祿德、張秉權導、李援華改編洪深的《農村三部曲》；二、何文匯導及改編的莎劇《王子復仇記》；三、麥秋導美國劇作家懷爾德的《大難不死》；四、袁立勳導、李援華改編美國史杜威夫人的《黑奴》，即一九〇七年由留日中國學生組成春柳社首演的《黑奴籲天錄》；五、林愛惠導、楊立明何國道黎秋華李耀文改編布萊希特的《灰闌記》。巡迴小劇場演古希臘版的《禁葬令》。可以看到布萊希特在香港劇壇的地位。七九年，林克歡任院長的中國青年藝術劇院在北京破冰演出了文革後第一齣外國劇：布萊希特的《伽利略傳》，陳顒、黃佐臨合導、丁揚忠譯。稍後在香港，陳載灃、袁立勳等組成的生活劇團也在藝術中心演出《伽利略傳》。八〇年，香港浸會書院學生盧偉力帶去廣州，在第一屆省港大專生交流會中代表香港演出的劇是《常則與例外》。

香港布萊希特劇場文化的大手筆盛事，是八六年爲了紀念布萊希特逝世三十周年，香港舉辦了國際布萊希特戲劇節。原來，港大英文系除了戲劇師生推動布萊希特外，系裡還有Anthony Tatlow這位專家兼國際布萊希特學會的副會長，他在八一年布萊希特逝世二十五周年時已在香港辦了國際研討會，題目是布萊希特與東方，陳顒、丁揚忠、張黎等多名大陸專家學者應邀出席。到了八六年的戲劇節，規模更大，有評彈、演唱、公開講座，招待了二十五個國家一百二十多名專家學者來港開研討會，並邀請了四個劇團完整的演出四齣劇：日本俳優座劇團千田是也導的《四川善人》；中國青年藝術劇院陳顒導的《高加索灰蘭記》；香港話劇團徐詠璇導的《教父阿塗發跡史》；香港演藝學院戲劇學院毛俊輝導的《阿茜的救國夢》。

香港與布萊希特，眞是一場華麗緣。幾代香港戲劇人無怨無悔的擁抱這位異鄉劇作家，視同己出，除了他山之石可以攻玉外，也表現出可貴的世界主義情懷。

粉絲改編張愛玲

張愛玲一九四四年親自改編的《傾城之戀》話劇劇本，後來怎麼都找不到了。

上世紀八〇年代中，我突發奇想再把《傾城之戀》小說改成話劇，交給海豹劇團。海豹是香港的業餘劇團，始創者多是香港大學英文系和比較文學系的師生，我是一個很游離的成員。可是海豹吃不下較大的製作。

幸好香港話劇團正在找戲，配合香港大會堂二十五周年的慶典。大會堂是當時香港舞台演出的主要基地，如北京的首都劇場或台北的國家劇院，而香港話劇團是由香港政府資助的職業劇團。我的《傾城之戀》話劇本遂交給了香港話劇團，由該團藝術總監陳尹瑩執導，並取得張愛玲委托人的舞台演出授權。

張愛玲可能知道這次演出，只是她沒有任何示意，更談不上打動她重訪香港。

在一九八七年的首演場刊上，我寫：

「可能因爲是上海人，也是香港人，所以喜歡張愛玲，很地域的，也就是很私人的。

其他人爲甚麼迷張呢？大概是所謂文字的魅力吧，張愛玲的霧數情懷及蒼涼姿態，慢慢將所有稍有耐性的讀者迷倒，然後一個宏觀，才呈現她通透清明的心靈，『因爲懂得，所以慈悲』。

看張，令人傷感的愉快，有種『奇異的眩暈』。

後來弄得太認眞，變了文學！

還是抓住親切感及小聰明，把自己對一篇雋永通俗小說的喜悅傳染上舞台。希望觀眾看話劇《傾城之戀》，會像我初看小說時一樣，感到心曠神怡。這只是一齣精巧蠱惑的喜劇，其餘是各自修行」。

我是以粉絲的態度改編《傾城之戀》的，雖然有時候會語帶不敬。

星移物換到了二〇〇二年，香港話劇團自己二十五周歲，要選演一齣戲，該團藝術總監兼導演毛俊輝想到了《傾城之戀》，但不是舊戲照演，而是「根據陳冠中一九八七年的舞台版本重新整理，並加入歌唱與舞蹈」，就是說在原來「文戲」的基礎上，加了「舞戲」。這次演出，觀眾面更廣了，說明加插歌舞是個好主意，。

二〇〇五年張愛玲逝世十周年，香港話劇團再上《傾城之戀》，並邀得影帝梁家輝來演范柳原，可說是未演先轟動，幾度加演。不過這次演出，毛導演請了上海編劇喻榮軍針對范柳原與白流蘇在戰爭中重逢後的結局戲，做了重大的創意補白，超出了原小說的格局。不管接受這個結局與否，我可以肯定的說喻編劇並不是張愛玲粉絲。

沒想到《傾城之戀》穿梭滬港，由文字到音像，平面到立體，跨時代、跨地域、跨媒體、跨方言，輪迴變身，終成了香港話劇團的保留劇目，二〇〇六年又在香港重演多場，並應邀到澳門、上海、紐約、多倫多、北京等地演出，據說還有不少城市在發邀請函。一齣香港粵語舞台劇被請到上海、北京作多場演出，我至今覺得不可思議！

雖說香港話劇團功不可沒，梁家輝的號召力不容低估，不過對粉絲來說，有張愛玲才可能有化學作用。

上世紀七〇年代初我開始看張愛玲，在台灣和香港不算先知先覺但也不落後，跟四〇年代的上海讀者比差了三十年，卻又遠較今日大陸讀者早，以至看到大陸近年的張愛玲熱，竟有時空錯亂的感覺。

如果再有一個這樣的天才作家，我們還會讓她如此時空分崩、斯人憔悴、粉絲欲表敬意而人不在嗎？希望不會。

我只做過一件跟張愛玲有關的事，就是改編了她的《傾城之戀》，搭便車由一九八七年一直開到現在，看勢頭還有得玩，以付出來說，回報眞大。

如果還可以奢望的話，我奢望：一、香港話劇團的《傾城之戀》能到台北演，因爲那裡有熱愛張愛玲的人，二、用上海話再來一次。

七〇年代前的國語片和粵語片

二〇〇二年參加一個研討會，談的是香港電影史上的傳奇，即從一九五〇年代中開始的十多年裡，在國語片市場一度力壓邵氏公司的國泰電影懋業公司（電懋）。在會場上，我突然弄懂了自己對電懋的曖昧感覺，爲什麼是既熟悉又陌生。據一些學者的研究，電懋的大部分國語片擺明是針對我的一家而拍的，即四九年後從大陸移居香港、台灣、星馬或海外，原籍江浙或北方的中產階層。可是，去看電懋電影的只是我的三個姊姊，不是我。

我記得姊姊們看完回家還天花亂墜興奮半天的電懋片子有：《曼波女郎》、《四千金》、《情場如戰場》、《龍翔鳳舞》、《青春兒女》、《玉女私情》、《空中小姐》、《香車美人》、《二八佳人》、《家有喜事》、《六月新娘》、《長腿姊姊》、《心心相印》、《野玫瑰之戀》、《南北和》。看片名就知道，大多是以女角爲台柱的女人戲，特別是青春浪漫喜劇。這些片公映的時間是五七年至六一年之間，之後再聽不到姊姊們談電懋了，二姊、三姊改去看更時尚的英美青春浪漫劇，大姊看黃梅調影片和親北京的「左派」公司在文革前小陽春時期拍的國語片如夏夢主演的《三看御妹劉金定》、《金枝玉葉》。此後電懋的片子也不是我耳濡目染的家庭生活一部分了。

我爸一以貫之只帶我和弟弟去看好萊塢動作類型片——西部牛仔、二次大戰、希臘羅馬力士。我媽看戲永遠隨丈夫和兒子，故亦錯過了以她爲理想觀眾的電懋片。

現在回看資料，可能只有兩部電懋影片我是在首輪電影院看的：卜萬蒼導演的《苦兒流浪記》：我的第一部苦情片，看完後偕弟一起向父母抱怨半天。其實看到蕭芳芳賴以爲生的猴子凍死在荒野，我很傷心，另外那首主題曲〈世上只有媽媽好〉，也讓我莫名的憂鬱。不過，我們還是寧願父母帶我們去看美國動作片。

易文導演的《星星・月亮・太陽》：全家一起看，因爲有愛情也有戰爭，其實沒什麼火爆場面，只看到裝備精良的國軍走來走去。還好有葉楓——那陣子在月曆牌上看到她露肩的照片後，就喜歡她了。

不過葉楓的魅力沒有大到驅使我去看她演的女人戲。另外，電懋一代玉女尤敏與日本東寶公司靚仔寶田明合演的《香港之夜》、《香港之星》和《香港、東京、夏威夷》也不是我慾望的對象。葉楓尤敏尚如此，張愛玲更不用說，當時根本不知道她是誰。除《情場如戰場》和《六月新娘》外，我記不得我姊有提起過張愛玲編劇的《人財兩得》、《桃花運》、《南北一家親》（秦羽合編）、《小兒女》、《一曲難忘》、《南北喜相逢》。

或許我是個魯鈍的男孩——正如大部分的男孩，或許我家崇洋片，不過作爲一個典型的電懋片目標家庭，從我家的觀影歷史也可以感到電懋的國語片——該公司也拍點粵語片——除了有族群和階層的取向外，還比較偏女性，相信亦曾吸引了不少教育水平較高的粵籍女觀眾。

這就說到香港另一大類電影——粵語片。在電視時代之前，我跟著廣東番禺籍的家傭去電影院看過一兩回白燕主演的《回魂夜》之類的粵語恐怖片和神怪片，但絕不肯看苦情的文藝片或劇曲片，就是說粵語的女人戲。粵語片的觀眾其實包括已學會粵語的年輕外省男人，他們去看的是武俠和功夫片：我也曾鬧著跟年輕同鄉叔叔去看關德興演的黃飛鴻。平民化的粵語片，當時在類型和題材上似比國語片更多樣化，並吸引了一些非粵籍的男觀眾。

六三年，我家裝了黑白電視——香港到七一年才有彩色電視，第一個晚上看的是新馬師曾主演的粵語片《怪俠一枝梅》。十來歲的乖小孩，在家時間多，看電視也多，我在電視上吸收了大量的舊粵語片，看到李小龍演街頭頑童、七小福搞怪、吳楚帆發瘋時說「食碗面、反碗底」、謝賢胡楓難兄難弟、陳寶珠在《五毒白骨鞭》裡演反串少俠，自報名號「我姓余名齊飛」。五〇、六〇年代的粵語片通過電視，不知不覺間成了我的電影粗糧主食，數量上遠超過在影院看的西片和國語片，換句話說，粵語片的所有類型在我的少年期終於都被看遍了，包括之前不肯到電影院去看的文藝片、女人戲。

在影史的評價上，寫實文藝片被認爲是香港五〇、六〇年代粵語電影的最高成就。到了八〇年代自己幹電影這行，發覺大夥永遠是在平民的舊粵語片而不是中產的舊國語片裡找原型，而且不斷把粵語片的既有類型翻出來重拍，除了文藝片這種類型。七〇、八〇年代香港電影界沒有去繼承的，恰恰是被後來的評論界認爲是最優秀的東西。

當香港黑白電視在六〇年代用大量黑白粵語片做爲常態節目，影響擴散至我這類外省家庭的同時，粵語片製作卻陷入了短暫但嚴重的衰退期，由一九六一年的二百二十二部，掉到一九七一年的一部。這裡，有必要談一下一九六七年，華人電影很關鍵的一年，也是我看電影的拐點……

波牛看電影

整天在球場打球的男孩在香港叫「波牛」。一九六八年仲夏我和一群波牛在學校打籃球，赤著上體滿身臭汗在場邊休息的時候，聊起天來。十五、十六歲的波牛聊什麼呢？聊電影，而且大家都激動不已——我們聊剛看過的一部「打片」。

胡金銓的《龍門客棧》，演員是我們香港觀眾不熟悉的上官靈鳳、石雋、白鷹——國語片從來沒讓我們這代男孩或男人如此興奮過。

之前拍國語片的電懋邵氏長城鳳凰，招牌戲是給女人看的，絕大部分是不打的，就算是一些理應打一下的片子，也打得很小兒科，往往還是由女人擔戲，如林黛的《紅娃》、樂蒂的《兒女英雄傳》、陳思思的《雲海玉弓緣》。當時任何男孩都知道，女明星打得不好看。

拍過大量武俠片與功夫片的倒是粵語電影界，其中有的情節看得我這個小男孩下巴掉下來，如白燕、張瑛演的《倚天屠龍記》。不過大部分片都是靠些奇情、造型、怪招、卡通特技，往往是製作粗糙的「七日鮮」，而在武打設計上，長鏡頭加上眞功架，反不好看，顯得手腳慢而無力，當時觀眾總的感覺是粵語片打得假，不像美國片拳拳到肉。

可以說，到六〇年代中，港台電影從沒有滿足過愛看打殺的男孩以至成年男人，回想起眞有點不可思議。好像只有美國人及日本人才拍得出男人覺得好看的動作片。

直到張徹、胡金銓的相繼出現。

張徹在六四年開始拍動作片，推動邵氏進入「武俠世紀」，然後在六七年一連推出了《斷腸劍》、《獨臂刀》、《大刺客》三片，「陽剛」血腥暴力刺激下，觀眾口瞪目呆，票房迭破紀錄，張徹成了國片第一個百萬導演，港台電影界終於發現了男觀眾的票房威力，從此以後大部分國語片都是拍給男性看的了。

不過，就算在那年代，我還分得出好壞，因爲已看過一點金庸的武俠小說，而當時所謂新派武俠片的敘事只可以說是質木無文。不過若果人家問我《獨臂刀》好看嗎，我當然會說好看，因爲覺得要以大局爲重，支持爲我們男孩拍的動作片，其實，《獨臂刀》對我輩男孩的震撼有餘，感動不足，當時的我們心底下知道動作電影應該可以更好看。

但可以如何好看法？要看了六七年拍攝完成，卻要到六八年八月才排在香港上映的《龍門客棧》才知道。

我認爲港台武打片的大浪潮，第一波有一個雙高峰，即《獨臂刀》和《龍門客棧》，共同凝聚了大批亢奮的、死忠的國產動作片觀眾群，但後者比前者更重要。我的波牛朋友，之前並沒有對張徹電影有過同樣強烈的反應，他們完全憑慾求看電影，完全是純眞的，跟普羅一眾大男人是心心相通的，他們對《龍門客棧》的反應如此一致，必然是有代表性的——就是所謂觀眾的反應，哪怕只是男觀眾的反應。《龍門客棧》眞的是雅俗共賞，而當時的他們是從俗的一端出發，所以才充滿自信。

胡金銓於六六年推出的《大醉俠》，已讓人耳目一新，打得有創意，雖然還是女人擔大旗，但是這個鄭佩佩夠英氣，男孩女孩都喜歡她。可是《大醉俠》缺乏一點爆炸力，赤著上身的波牛們仍不好意思在球場公然吹捧《大醉俠》。

可是胡金銓電影與男觀眾完全一體的也只有一部《龍門客棧》——之後他的片子都贏不到波牛們同等的熱情，甚至可以說跟一般男觀眾越走越遠。下一次激動人心的時刻——波牛在球場論電影——怕要等到李小龍的一九七一年。

很多人會認爲是張徹奠定了國語動作片的重要地位，這說法也對，誰叫胡金銓只顧慢工出細活、心頭越來越高。我自己也曾經忘了胡金銓，多年後才從影碟上看到七五年的《忠烈圖》，發覺片裡的動作調度和設計非常精彩，奇怪自已怎麼會錯過在首輪影院看該片。

不過，一個潮流開始了，就會有一段興旺期，觀眾吃完未飽，急著要再吃，再吃還是覺得好吃。張徹與胡金銓吊起了整代男觀眾的胃口，大家更覺得饑餓，目光便投向任何同類片，結果是全行受益，一窩蜂搶拍。

當時我有所不知的是，自己觀影的純眞年代卻在六七年出現了拐點，好不容易等到了國產男性動作片的元年，竟偏是我漸失純眞的開始——我不再是單憑慾求而是帶著概念去看電影了。在《中國學生周報》的影響下，我自己買票去看六七年版、龍剛導演、謝賢主演的粵語片《英雄本色》，以表示關心社會。更要命的是，我的同學鄧小宇稍後就會來邀我一起去看歐洲藝術片。該年，杜魯福的電影《烈火》（華氏四五一）竟在香港的電影院正式公映！我依然會再波牛幾年，但作爲電影觀眾，卻漸與我的純眞年代走遠了。

香港的電影文化基因

一個中學四年級的男生，有多少歧路可供選擇？在一九六〇年代的香港，他可以選擇沉迷歐洲藝術片。

所有誘惑都已經存在，只看他的造化——第一映室、香港大會堂、法國文化協會、《中國學生周報》。

五〇至六〇年代初，香港的商業影院偶會放映藝術水準很高的日本片、意大利片和法國片，包括黑澤明、費里尼、維斯康提的作品。尚保羅貝蒙多與珍西寶主演的《斷了氣》六一年在樂聲戲院上映，改名《慾海驚魂》。另外該時期商業影院還上映過法國新浪潮中堅分子路易馬盧和查布洛等的影片。但總的來說，數量不多，情況到六二年才有飛躍式的改善。

該年初春，第一映室成立了，首次放影片的地點是剛落成的香港大會堂四百座劇院，該晚一口氣上了兩部片：羅西里尼的《羅馬，不設防城市》和薩耶哲雷的《不屈者》（Aparajito），放映時間長達四小時。該會創會成員之一杜華形容第一批觀眾走出劇院時的情況：「他們看來好像費茲蘭《大都會》一片的臨時演員……個個滯膩、目瞪口呆和基本上失去感覺。當時我十分懷疑還有什麼可以令這些活死人再入戲院，去看謝利路易斯以外的任何影片」。

杜華不用擔心，要求入會的人達二千，遠遠超過發起人約翰・皮里等第一屆八人委員會當初認爲不可能達到的六百人。第一年該會放映了十六部影片，翌年二十六部，第三年四十一部。在短短的三年時間，意大利電影由新寫實主義至費里尼和安東尼奧尼，美國電影由格里菲斯的《國家的誕生》至奧森威爾斯的《大國民》，法國電影由尚哥多的《奧菲》和雷諾亞的《遊戲規則》至阿倫雷奈的《廣島之戀》、《去年在馬倫堡》，杜魯福的《四百擊》、《射殺鋼琴師》和高達的《斷了氣》，還有瑞典的英瑪褒曼、西班牙的布紐爾、日本的黑澤明、印度的薩耶哲雷，甚至波蘭年輕導演波蘭斯基六二年才拍成的《水中刀》等，香港都看到了。六五年，第一影室的法國電影周，杜魯福的《祖與占》（《夏日之戀》）登場，另有積葵丹美和積大地的作品。與第一映室緊密合作的法國文化協會，更多番以十六厘米重映新浪潮名片。影評人金炳興寫：「我在一九六四年加入香港的第一映室，初次接觸到法國新浪潮電影。儘管從小喜歡看電影，我們那一代的電影品味，可以說是看了新浪潮電影才塑成的。」

結果，世界電影文化的基因，在六二年後的七、八年間已大致完整的移植到了香港，成了眾多新一代文化人的共同話語、共享知識結構。因爲電影文化基因的守護者人數不少，故不會就幾個人的離去而不成氣候。後來還有了莫玄熹的早場和藝術片影院，大影會、衛影會、火鳥等電影會，七七年成立的電影文化中心，七五年創刊的《大特寫》和七九年創刊的《電影》雙周刊等刊物，高等學府裡的電影教研，加上兩大長線機構：七七年開始的香港國際電影節和九三年成立的香港電影資料館，電影文化成了香港一個相對牢固的文化傳統。這個精英式的傳統，並不等同另一個更顯著的傳統，即作爲產業的香港電影——兩者有互動，但不是一回事。

我有一個看法，認爲就香港來說，在廣泛的文化領域裡，電影文化的基因庫是建設得最爲完整的——其他文化領域的朋友若不同意，我願意討論。這裡要補充一下，我所說的電影文化，確只限於劇情片，特別是全世界包括中國大陸的經典劇情片，至於紀錄片和前衛片，在香港一直有倡導和實踐者，但基礎遠不如劇情電影文化的堅實。我們比較陌生的倒是印度、菲律賓等地的娛樂片。

再說六〇年代初，當時出道的敏銳年輕文化人，不單補回經典並開始與世界同步——六〇年代本身就是世界電影充滿創造力的年代。年輕文化人自信的把觀後感化成影評，發表在《大學生活》、《青年樂園》、《香港影畫》、《香港年青人周報》和影響最大的《中國學生周報》。

那時候我在做什麼？六七年我在念中學，很想參與那個奇妙的世界。新浪潮，多讓人憧憬，但它究竟是方的還是圓的？我亦不知道第一映室這個高不可攀的會社究竟是在哪裡，所以六七年第一映室放映的五十一部片子，都無緣目睹。

帶我出道的是同班同學鄧小宇，有天他說要去法國文化協會看重映的《祖與占》，同行還有一個叫黎海寧的女生，問我想不想去？我說：想！

七十二家房客的三世書

一九七一年香港股市猛漲，全民皆股，七三年崩盤，股民如大閘蟹被綁死，經濟滯脹，犯罪率激增，大貪污案疑犯葛柏警司卻有能耐在被偵查期間逃離香港。

香港的粵語影片，在這個以粵語人口佔絕大多數的地方，則在人人發財的七一年跌到谷底，只剩下一部，七二年完全停產，中文影市爲台灣或本地製作的國語片獨佔。然後，銷聲匿跡不到兩年，像是裝死一樣，七三年那年惟一的一部粵語片《七十二家房客》，竟反彈不單成了那年最賣座影片，更破了港產片的票房紀錄。

電影學者李焯桃說正是「股市狂瀉加上經濟蕭條，使人意識到以往深信不疑的安定繁榮，基礎竟是如此脆弱；葛柏事件更令市民對政府及警方大失信心。」所以，「以牢騷的形式，對權威及各種不合理的現象嬉笑怒罵」，配上市井白話的《七十二家房客》，像沙漠中的奇葩般一枝獨秀。

後來的歷史更證明那不是曇花一現，不單預告了港式鬧喜劇熱潮，而且是粵語片在香港第二春的開始，自此港產國語片逐年減產，香港電影在它的第一市場都說起粵語，由來已久的國語粵語二分局面終於歸一。

邵氏與港視（TVB）出品、楚原導演、彩色闊銀幕、由電視藝人何守信、沈殿霞、鄭少秋、杜平、劉一帆擔網、只配上國語片性格演員田青、胡錦、岳華、井莉的《七十二家房客》，從開拍至上映只花了四十天，是怎樣的一部片？答案：是部爛片。用社會學者龔啓聖、張月愛客氣說法是：「儘管在今天看來庸俗不堪，但當年它代表了潛力洶湧澎湃的新感性」。用李焯桃客觀的說法：「《七十二家房客》可說是揭開了七〇年代香港電影的第一頁，藝術成就容或不高，卻有極大的歷史意義」。意思是：你們知道就好了，沒必要去找來看。

楚原版《七十二家房客》時來運到，取得巨大商業成就，不過我們不要忘記它有點生不逢時的前身，即廣州珠江電影製片廠和香港鴻圖公司六三年合拍、王爲一導演的《七十二家房客》。鴻圖是當時香港「左派」的新聯公司門面上的公司。這部黑白、標準銀幕的《七十二家房客》，走的是左翼寫實喜劇路線，諷刺而不胡鬧。據王爲一在二〇〇四年的回憶，六三年他的粵語原版送北京審查，獲文化部長夏衍和副部長陳荒煤表揚，被認爲演導俱佳，很有廣東風味，並獲准用粵語在穗港公映。可惜未幾遇上文革，影片成了毒草，在內地被禁映，文革後才解禁，再公映時已被配上普通話。

在有電影版之前，《七十二家房客》原是上海大公劇團的同名滑稽戲，話劇本身亦很受歡迎，曾在全國各地演出，更有地方劇團以當地的方言多番重演。七三年初，香港利舞台戲院上演香港影視話劇團的粵語《七十二家房客》，盛況空前，相信因此觸動了邵氏去重拍電影版。

邵逸夫向當時香港左派電影界第一把手、後銀都機構董事長廖一原商量，據廖一原參與撰寫的〈香港愛國進步電影的發展及其影響〉一文說：「廖一原覺得能重拍一部出色的電影，是一件值得鼓勵的事」，在國內文革水深火熱的期間，同意無償的讓出版權，玉成邵氏在香港重拍《七十二家房客》。用句套話：香港電影因此掀開了新的一頁。

今天，香港電影界應該還珠影和銀都一個大禮，集全港暨華南紅伶紅星，替珠影和銀都重拍粵語版的新《七十二家房客》，全國公映，圓了幾代粵港影人未竟之志，讓《七十二家房客》成爲港、穗、滬跨城跨媒體佳話，續三世奇緣，說不定還可以攜手再掀開粵港電影的新一頁。

盡皆過火，盡是癲狂

一九八一年我初涉香港電影圈，正逢港式喜劇進入新一波高峰期，遍地搞笑，導演編劇常掛在口邊的一個字是gag，而gag者，原指笑話，香港影人把意義延伸，分出對白gag和視覺gag，是笑料的基本單位，大家整天度gag，甚至到了拍攝現場、甚至開鏡後、甚至在後期配音間，還在盡最後努力有gag冇gag的急來急去。

思維決定成果，可想而知當時港式搞笑，是由斷斷續續的gag堆砌出來的，而爲了增強累積效果，gag要放在一個個不一定連貫的噱頭處境裡，由性格鮮明的諧星來演繹。gag（對白和視覺）、噱頭處境、諧星三個元素掌握好，便產生搞笑效果，拖到近九十分鐘，就可以出片，如果gag的密度夠高、對觀眾反應計算準確，更可能成爲賣座片——至少八〇年代的不少影人深信這套程式。

香港、台灣和大陸觀眾對港式喜劇的總印象，大概如此，看得高興的時候是熱鬧、生猛、過癮、有顛覆性和最重要的一點——好笑，看不上眼的時候是胡鬧、幼稚、誇張、猥瑣、抄襲、瞎搞、無厘頭、不合情理和一條最大罪名——不好笑，深入想想的時候就會認同電影學者羅卡說的「緊貼民俗、不怕鄙俗，但求好笑、不理格調」，和李焯桃說的「段落式，但求場面有娛樂性，不計整體結構」。

美國學者大衛・波德威爾在《香港電影的秘密》一書裡說：「《紐約時報》影評人對早期進口的一部功夫片有此惡言：『盡皆過火，盡是癲狂』，當年的辱罵，竟變成今天的榮譽標誌」。

這句後現代式評語，也可用在港產喜劇。

這一路的喜劇可說是香港粵語通俗時裝笑片的主流，五〇年代時，諧星伊秋水、鄧寄塵、新馬仔、梁醒波、鄭君綿、譚蘭卿、鄧碧雲、鳳凰女皆擅此道，哪怕是劇情單薄、無戲可演的場面，也往往可以靠諧星「爆肚」、「執生」

的純表演博取一笑。

六〇年代中，粵語片萎縮，卻正值粵語無線電視崛起，粵語片大中小牌演員紛紛加盟電視，在周一至周五每晚播出的綜藝節目《歡樂今宵》當主持，並演「趣劇」，即大陸的「短劇」。趣劇依靠的，正是gag、噱頭處境和諧星。電視的消耗量大，培養了大批幕前幕後人材，趣劇寫手中包括當年是替紙媒體如《中國學生周報》快活谷版寫笑話的劉天賜。

滾動到七〇年代初，出現了一個奇才和一個偶像，即許冠文許冠傑兄弟，開了一個叫《雙星報喜》的電視節目，可說是積累了之前香港粵語影視界搞笑的集體經驗，再加上富時代感的新包裝，高密度的gag、極有噱頭的處境、偶像級的諧星三結合，節目大受歡迎，塑造了港人的搞笑口味，預告了港式喜劇電影之後的走向。

粵語喜劇電影復興的先聲是七三年的《七十二家房客》。翌年出現很多跟風者，其中有一部破了《七十二家房客》的賣座紀錄，那就是許冠文導演、許冠文劉天賜鄧偉雄編劇、許冠文許冠傑主演的《鬼馬雙星》，趁電視節目《雙星報喜》的勢頭，將源於粵語諧星笑片的電視趣劇，螺旋式迴向的搬上了大銀幕。

許氏兄弟從七五年至七八年持續推出了《天才與白痴》、《半斤八兩》、《賣身契》，莫不是年度賣座冠軍，成喜劇之王，港式喜劇的發展軌跡已定形，由許氏喜劇，到七八年開始的成龍洪金寶袁小田袁和平諧趣功夫片，到八〇年代新藝城喜劇，到九〇年代周星馳喜劇，外行看熱鬧覺得各勝擅場，搞笑內核卻離不開gag、噱頭處境、諧星三結合，真癲假狂，當然過火，愛它恨它，只不過是娛樂事業，套用港產片字幕常出現的半文不白句子：有何不妥？

香港喜劇片：沒有走下去的路

美國學者麥斯特（Gerald Mast）在《喜感心智：喜劇與電影》一書裡說，有聲喜劇片分三類：對白傳統、小丑傳統、反諷傳統。

侯活・鶴斯的《星期五女郎》、喬治・庫克的《費城故事》、法蘭克・卡普拉的《史密夫先生赴華府》、比利・懷特的《桃色公寓》等，屬對白傳統，以大牌小生和花旦招徠。

馬克斯兄弟、W・C・費斯、梅・蕙斯、高腳七與矮冬瓜、卜合、謝利・路易、早期活地・雅倫，以至法國的積・大地的影片，屬小丑傳統，靠的是性格鮮明諧星的個人表現。

尙・雷諾亞的《遊戲規則》、尙・維可的《操行零分》、史丹利・寇比力克的《密碼一一四》（台灣譯《奇愛博士》），屬反諷傳統，一本正經的環繞著荒誕可笑的理念而轉。

姑勿論是否同意這個分類，或是否可套用在香港喜劇，我們還是可以看到，電影的喜劇類型，可以分出許多風格迴異的亞類型，很多樣化。

香港喜劇片多是諧星鬧劇，有點像麥斯特所說的小丑傳統。諧星鬧劇也十分依賴搞笑對白，而且往往有諷刺時事和人性的橋段，不過跟麥斯特所說的對白喜劇和反諷喜劇在旨趣上相去甚遠。

可以看出一點：諧星鬧劇，雖在商業上很成功，並代表了港產喜劇的主流，卻只實現了喜劇片的其中一種可能性而已。

現在很多人都忘了在六〇年代中以前，香港還有出色的中產輕喜劇片和寫實輕喜劇片，接近對白傳統和反諷傳統。

上世紀四九年後，南來導演和編劇朱石麟、李萍倩、卜萬蒼、岳楓、陶秦、張愛玲、吳祖光、沈寂、白沉等，都曾在香港拍國語喜劇，將內地的喜劇傳統帶到香港。卜萬蒼十年間先後爲泰山、永華、新華、亞洲、電懋、邵氏等公司拍了十部喜劇，如《夜來香》、《豆腐西施》、《太太是人家的好》。

「左派」的長城、鳳凰公司，在朱石麟、李萍倩等名導手裡，開拓出有人情味、帶社會意識的寫實輕喜劇類型。

本地左傾的粵語電影公司中聯、光藝等，同樣注重寓教育於娛樂和社會批判，拍出了優秀寫實喜劇《錢》、《豪門夜宴》、《金山大少》、《難兄難弟》等。

「自由」的亞洲、國際、邵氏、電懋公司，則著重溫馨風趣浪漫輕喜劇。

當時的喜劇導演和編劇一定很注意三〇年代以來美國對白傳統的喜劇，尤其是在拍中產格調輕喜劇成就最大、最洋氣的公司：電懋（國泰）。

以替電懋寫過多個喜劇劇本的張愛玲爲例：據鄭樹森教授廣爲人知的研究，張愛玲十分熟悉三〇年代好萊塢的對白喜劇，特色「就是對中產或大富人家的家庭糾紛或感情轇輵，不加粉飾，以略微超脫的態度，嘲弄剖析」，其間當然少不了機智、世故的對白交鋒。

李歐梵教授更說「張愛玲是個貨眞價實的影迷」，並在評論舞台劇《新傾城之戀》時指出，張愛玲可能看過庫克導演的四〇年名片《費城故事》，甚至引發她創作小說的靈感。

從五五年至六四年，電懋操劇本大權的是名士宋淇（林以亮），強調不俗不雅的中乘路線，很重視編劇，這正是拍對白式喜劇應有之義。該時期大致也是電懋的全盛期。

左派的寫實輕喜劇，和商業的中產輕喜劇，皆是香港喜劇電影傳統的重要組成部分，後來都被諧星鬧劇所遮蔽，偶然有個別成功作品，如張堅庭八三年的《表錯七日情》、張婉婷、羅啓銳八七年的《秋天的童話》，或陳可辛、陳果、高志森和九〇年代中後的一些低成本製作，都只能算是例外，是爲香港喜劇電影沒有走下去的路。不過，日換星移到今天，觀眾又再接受劉德華鄭秀文等小生花旦演喜劇，是否意味著一種新的喜劇路線已經開始？

新浪潮電視

一九七〇年代初香港的電視，像是電影的孵化器。

七一年十月一日，從美國回來的李小龍，在TVB直播綜藝節目《歡樂今宵》裡，表演功夫，我第一次看到有人可以一腳把練習對手踢到那麼遠。我想，他的神話那晚上就開始了，在《唐山大兄》十月底首演前，香港男生已通過電視成了李小龍迷。

《雙星報喜》、《七十三》、《歡樂今宵》趣劇等電視搞笑節目的影響也很大，兩部帶領潮流的喜劇片，《七十二家房客》和《鬼馬雙星》，都可以說是電視孵化的。七三那年，李小龍有《龍爭虎鬥》，胡金銓有《迎春閣風波》，李翰祥有五部作品，張徹有四部，而楚原除《七十二家房客》外還有三部，都賣不過像電視趣劇的《七十二家房客》。

接著到七四年，跟風的電影界好像爲電視而瘋狂，一窩蜂請電視藝人當主角，除大賣特賣的《鬼馬雙星》外，還有《香港七三》、《大鄉里》、《大鄉里八面威風》、《瘋狂電視迷》、《太平山下》、《多咀街》、《街知巷聞》等，往往連題材和片中人物都搬自電視趣劇。

那幾年香港電視帶動電影的情況，今天的觀眾會覺得不可思議。

七〇年代中，電視界本身風起雲湧，老牌的麗的電視台正由拍話劇轉拍動作單元劇如《十大奇案》和《十大刺客》，公營的香港電台電視部在拍公教單元劇《獅子山下》，廉政公署要拍反貪單元劇《ICAC》，銳不可當的第一大台TVB仍在摸索新劇種，如用十六厘米膠片拍攝半小時節目《奇趣錄》和《群星譜》，而新的第三台佳視正在籌拍香港第一部自製歷史長篇連續劇《隋唐風雲》和第一部武俠長劇《射鵰英雄傳》——這些合在一起掀起了香港電視新浪潮。

這一波的電視創意大潮，共同爲幾年後的電影新浪潮和八〇年代的香港電影黃金年代，培養了大批人材，那榮譽是應該由眾電視製作單位來分享的。

在香港有新浪潮電影之前，先有新浪潮電視。

當然，被談論最多的是TVB的菲林組。

那時候TVB尚未確立蠱惑人心的連續劇作爲今後電視台的獨大節目，仍願意多方嘗試，掌節目製作大權的梁淑怡才會不按牌理出牌，七六年成立菲林組，由劉芳剛主持，召集了一堆年輕人，包括電視台學徒、英美電影學院的海歸、拍實驗電影的土炮、作者論影評人等等，用菲林（膠片）拍攝一小時單元劇，包括七六年警匪片集《C.I.D.》、七七年寫社會工作者的《北斗星》和寫現代女性的《七女性》，造就了不少後來的電影導演和攝影師，但這種實習機會——電視替電影置嫁衣裳——在八〇年代TVB制式化後不再出現。

電影新浪潮的先行者是七六年由獨立公司繽繽出品、蕭芳芳編導演的警匪片《跳灰》，聯合導演梁普智是六七年TVB開台期的導播。

山雨欲來，七八年八月十八日出版的電影雜誌《大特寫》發表了一篇文章，題目是〈香港電影新浪潮：向傳統挑戰的革命者〉，首次用新浪潮一詞來期待香港的新電影。

港製電視武俠劇受歡迎的原因

拉近電影與電視

近三年來，古裝武俠劇在電視業裏很受重視，觀衆接受的程度甚至凌駕長篇犯罪劇之上。奇怪的是評論界很少對這個現象作有系統的考慮。本文作者王晶嘗試提供一個較全面的解釋。王晶曾負責港視多個武俠劇的劇情策劃及劇本審閱，近作是「蕭十一郎」。

王晶

七〇年代香港的電視，
像是電影的孵化器，
那幾年香港電視帶動電影的情況，
今天的觀衆會覺得不可思議。
這一波電視創意大潮，
共同為幾年後的電影新浪潮
和八〇年代的香港電影黃金年代，
培養了大批人材，
那榮譽是應該由衆電視製作單位來分享的。

果然，緊接出現被認爲是新浪潮電影標竿的四部片：七八年底嚴浩的《茄喱啡》、七九年徐克的《蝶變》、許鞍華的《瘋劫》和章國明的《點指兵兵》，四名導演皆曾待過TVB菲林組及拍過電視劇集。

不過曾幾何時，到七〇年代末，電視的鋒頭仍如日方中，對電影的影響卻大爲減弱，優勢再不見得可以轉移，電視上成功不保證電影上也成功，例如當時演電視竄紅的一位藝人，在七六年演了《投胎人》、《新蘇小妹三難新郎》、《池女》、《撈家邪牌姑爺仔》，七七年演了《入冊》，七八年演了《愛慾狂潮》，皆沒有火起來。那紅藝人叫周潤發。

香港電視亢奮的五年

香港電視TVB到二〇〇七年底就四十周歲了，希望它能好好的整理一下自己的資料和企業歷史，出些像樣的紀念刊、研究書，或設立一個開放檔案的機制，讓感興趣者研究有門。TVB對香港方方面面的影響至大，從任何角度都是個非常有價值的案例。不過，誰能料到邵逸夫方逸華會做什麼——據說上帝的行動總是神秘的。

不管如何，民間還是應該開始對TVB歷史作點梳理。現在寫電影史的人多，寫電視史的人少。不過，我們不要忘了，至少在七〇年代，電視是香港所有創意產業的盟主。廣告、流行音樂、電影、報刊、流行文化消費，或多或少是圍著電視轉。

我這裡只能談香港電視史上亢奮的五年：一九七六至八〇年。那期間，連續劇被發現了。

是台灣先拍連續劇的，香港觀眾在非黃金時段看進口的《包青天》、《保鏢》，已形成一股小熱潮，當時新成立的第三個無線台佳視，實力不如TVB，惟有出奇制勝，由老闆何佐芝拍板，向台灣取經，聘製作人魯稚子來港，泡製香港第一部長劇《隋唐風雲》，在七六年一月一日播出，可惜頭炮沒打響，觀眾好像不要看台味港劇，只看眞的台劇。當時另一台劇《洪熙官與方世玉》收視卻不錯，佳視遂決定自製香港第一部武俠長劇《射鵰英雄傳》，由米雪、白彪、梁小龍等主演，這趟哄動一時，佳視乘勝追擊開拍羅樂林、李通明主演的《神鵰俠侶》。這些佳視藝人之前都不是紅星，甚至只是新人，卻可以憑改編金庸小說的長劇而家傳戶曉。

這時TVB急了，立即以三萬元天價向金庸買下《倚天屠龍記》電視版權，攔截佳視的金庸小說貨源，並全力開拍已購得版權的《書劍恩仇錄》，由鄭少秋、汪明荃主演，播出後仍經歷一番苦戰才把佳視壓下去。

TVB的聰明是想通了一點，連續劇這玩意，不止可以拍武俠或古裝劇，亦可以拍時裝，英美那邊有時裝連續劇，或叫肥皂劇，放在白天或非黃金時段播出，但香港觀眾既然可以在黃金時段看武俠連續劇，說不定也願意看時裝連續劇。結果就是傾力泡製香港時裝連續劇的首創經典——七六年十月啓動、周一至五每晚七點到八點播出，長一百二十九集的《狂潮》。

我知道一般香港家庭，父母本來不准小孩吃飯時候看電視，但自《狂潮》開始，很多家庭把晚飯時間提前或押後，甚至由父母帶頭一家邊看劇邊吃飯，所謂電視撈飯。

由七六年香港連續劇元年開始，連續幾年，香港人十分痴迷電視。我在七六年底創辦《號外》雜誌，發覺連《號外》牛哄哄的評論家們都有電視亢奮，寫電視的稿子特多，我自己七七年初也在號外上寫：〈電視比電影更有趣〉，不過到了七九年底，號外視評人澄雨已做了預言：「電視仍然重要但不再有趣」。

我在談及七〇年代中電視新浪潮的時候，指出當時節目類型異彩紛呈。這現象到八〇年後就沒有了。

始作俑者爲怪傑麥當雄，他在麗的憑監製陽剛動作片集拚搏上位，在七八年七月偕智囊蕭若元看準了TVB周一至周五晚上九點檔是綜藝節目《歡樂今宵》，遂在那時段推出連續劇《鱷魚淚》及隨後的《變色龍》和《大內群英》，大有斬獲，七九年七月又在八點檔播映武俠劇《天蠶變》，迫使TVB放棄那時段的所有單元劇，搶拍高成本武俠劇《楚留香》應戰，從此香港觀眾每晚黃金三小時都是看連續劇了。八〇年麗的自稱千帆並舉，正面挑戰TVB「翡翠劇場」七點連續劇強檔，麗的新劇《大地恩情》一時搶掉三成觀眾，而當年TVB竟接受不了只佔七成收視，破天荒自動腰斬正在播映的《輪流轉》，改戲碼演《上海灘》續集及《千王之王》。

當然，如小日本偷襲珍珠港，待巨人回過氣來一切就沒戲了。

這是香港無線電視業最後一次決戰，在未來的日子裡，麗的（八二年改名亞視）偶然還會捅TVB幾下，如九九年外購台劇《還珠格格》，但都只造成皮外傷，動不了TVB霸業的筋骨——佳視早於七八年八月倒閉。TVB卻因此徹悟到，餵香港觀眾多吃中篇、長篇連續劇就好了，平常日子免播單元劇、處境喜劇、資訊節目或綜藝秀。這模式影響至巨，現在我們知道，後來東南亞、海外僑社以至大陸觀眾，也是每天晚上有連續劇做主菜主食就好了。

尋常百姓家

十多年前我剛去大陸，一些內地朋友會問說香港是否經常發生黑社會仇殺。我私下也覺得香港黑社會有點張狂，不過為了把話題速戰速決，我會跟內地朋友說，香港治安其實還可以，一年的他殺案件才不過百來宗，包括情殺和一時衝動的誤殺，眞正被黑幫所殺的，特別是中槍而死的，加起來遠不如吳宇森隨隨便便的一部槍戰片裡死的人數。

我知道朋友對香港的印象，是從電影來的，而在那時候內地看到的港產片中，比較有眞實感的往往是警匪黑幫片。若果那朋友是個年輕人，我可能會告訴他，港產時裝連續劇中的香港，可能比電影更接近香港日常現實的感覺。

當然，電影或連續劇裡的眞實感，都是經營出來的幻覺效果，不應等同現實。不過，我一直有個不太好意思說的觀點，就是這麼多年下來，家庭時裝連續劇整體而言讓我們看到的香港，有可能比其他說故事的形式如港產片、話劇、漫畫以至我們的小說更有代表性。

有冇搞錯？或許我是錯的，因爲我沒有做文本比較，不過，認爲我錯的人大概也沒幾個做過時裝連續劇的文本研究——誰有空去鑽研又長又多的連續劇？

有人馬上指出，TVB曾勵珍監製的家庭劇，總是安排一家十幾口每天晚上在客廳排排坐，你一句我一句的聊天。香港有很多這樣的大家庭嗎？各房女婿媳婦每個晚上會同處一屋甚至同桌吃飯嗎？香港老百姓家庭還有這麼大的客廳嗎？太假了！

我不會傻到用作者論的眼光把這種場景捧之爲：TVB片廠時期曾勵珍製作組三機作業流程的獨特風格。我承認那是一種片廠戲的方便處理手法，可能重複了太多次，用了太多年，成了TVB時裝劇的陳套。

我每次看到這種場面，心裡想的是：香港人眞喜歡家庭，主角大多至孝篤親，惠及姨媽姑爹，人人都有人關心。

這可能是集體無意識，觀眾仍能投入，不覺得有隔，甚至可能感到那個場境裡存在著比寫實更可觸摸的眞實——親情，不管尋常百姓家是否晚晚一起開飯吃宵夜。

這類場境，對白必多，婆婆媽媽，有時候還眞像人話——香港人在說話。可能是電視演員爲了逼眞去學街頭巷尾的一般人，而有些香港人又去模仿了連續劇裡的演員。潛移默化不奇怪，一周五天，每天兩小時好了，一年下來已超過五百小時，用早期號外視評人澄雨的話：「曹雪芹可能一生都沒看過這麼長時間的戲劇」。

相反在港產時裝電影裡，因爲多是實景拍攝，並要照顧節奏感，主角一般雖也是至孝篤親，不過大多是單身、單親、二人世界或是核心家庭，至多還有個老母，很少有大家庭戲。對白不能拖泥帶水，因此都像警句。

家庭時裝劇裡的主要人物，總得有個什麼職業，不管是當飛機師或開花店，都得帶到一點職場的情況，讓你知道各行各業的表徵，而且呈現的往往是當時觀眾感與趣的行業，故此多多少少如吳昊在《香港電視史話》所說：「電視再建構社會眞實」。

反觀港產電影卻只對兩個行業做了超深層生存狀態描述，就是差人與蠱惑仔。若勉強要找出第三個常見行業，那將是妓女。

港產時裝連續劇製造出不少香港人的典型，如《狂潮》周潤發飾的邵華山，《家變》汪明荃飾的女強人洛琳、《網中人》廖偉雄飾的新移民阿燦，都成了香港的集體記憶——對不起，我舉的例子很舊。一九七八年《變色龍》潘志文飾的鄺志立最後一句台詞「我唔怕你班契弟，因爲我最契弟」，比北京小說家王朔的「我是流氓我怕誰」早了不少，大概也折射了兩地痞子文化的進程。

一九八一香港電影全景

哪一年的香港電影最豐盛？如果你問我，我會說是一九八一年。我知道這樣說很主觀，那是我進入電影圈的第一年，可能誤把亢奮當作判斷，而且之後還有幾個收成好片的年份如八四年。不過，哪怕有爭議，我還是想說，八一年香港電影呈現的多樣化全景，和其中包含的可能性，是以後的二十幾年都比不上的。

這是各路英雄各自修行多年後、共趨成熟的一次總檢閱，不同的品位陣營終於在同一平台上較勁，甚至可以說是彼此第一次眞正看到了、打量了對方。

一群特別機靈的二線影人麥嘉、石天、黃柏鳴、曾志偉等，在影圈磨練有年，憑驚人的能動力和草根的直覺性，快要奮鬥出一個巨大風潮，他們與香港觀眾的品位，到八一年終於完全同步了。我沒有看那年的《歡樂神仙窩》，但去看了《追女仔》的午夜場，簡直傻眼，現場爆笑反應之強，讓我確定快要變天了，觀眾愛港片的熱度已遠超過西片。在這個臨界點上，他們加大製作投資，如虎添翼的邀得徐克帶刀加盟，拍他的第一部大成本商業片：豪華包裝的鬧笑劇《鬼馬智多星》。徐克豈等閒人，讓他進入了主流，掌握到更大資源，香港商業類型電影還會一樣嗎？八二年的春節，新藝城公司豪華卻草根的大製作鬧笑片《最佳拍檔》登場，正式宣告香港商業片黃金十年的開始。

自七〇年代中以來，鬧喜劇和諧趣功夫片是兩大賣座類型，八一年許冠文依然稱王，主掌賀歲片，《摩登保鏢》再破賣座紀錄，印證了以大製作來包裝草根鬧喜劇的程式。片場武行紅褲子三高手洪金寶、袁和平、劉家良都有承先啓後的作品。那時期的《鬼打鬼》、《人嚇人》、《敗家仔》反映出當年洪金寶的導演天分，是他最好看的片子。袁和平的黃飛鴻影片《勇者無懼》也不錯，但他正在拍攝的茅山術士武打片《奇門遁甲》才是被低估的經典。劉家良是作者論影評人寵兒，那年導了少年黃飛鴻影片《武館》和搞笑功夫片《長輩》，前者是十大賣座片，後者主演的惠英紅得第一屆香港電影金像獎最佳女主角獎。那年，消沉多年的長城公司拍出了張鑫炎導演的賣座片《少林寺》，捧紅了十九歲的李連杰。

甚至蕭榮導演、鄧光榮主演的《無毒不丈夫》，王鍾、鄭則士的《衝鋒車》，及周潤發、李修賢演的《執法者》等警匪黑幫片，也爲八六年以後這個電影類型的復甦埋下伏筆。同年的一連串賭片，也預告了八九年後的賭片熱。不過，這些類型都要耐心等待它們時機的到來。

可以看到，八〇年代港產商業片的「煞食」元素，在八一年已完備，只待更多資金投入，港產片就可以把製作玩大。這筆新錢很快就從台灣和海外僑社遞過來了。

這一年，成龍在搞什麼？嘉禾公司過早想以他打入所謂國際市場，拍了《炮彈飛車》，不提也罷，不過，他會再回來以拍本地片而成影壇一哥，並會再度打入國際市場，反正他的故事還長著呢！

吳宇森當時只是個有性格的熟手行貨導演，尚未找到自己風格。那年他替新藝城拍了《滑稽時代》。

可以下一個結語：八〇年代港產商業片的高飛，主要是由片場科班學徒出身、七〇年代已出道的土炮電影人帶動起來的，而不是由新浪潮或新近空降入影圈的洋氣導演掀起的。

嚴格來說，只有一個徐克是成功的從新浪潮轉型爲八〇後香港主流電影的旗手。

從午夜場觀眾的反應看，那年還有兩個新導演的片子是被認同的，一個是王晶的賭片《千王鬥千霸》，另一個是黃志強的血腥黑幫片《舞廳》。我看《舞廳》的那場，戲演完燈都亮了，午夜場千奇百怪的觀眾還在喧譁高興，不肯離去。《舞廳》現已是港產黑幫片的癖經典。

到這裡，我說了八一年香港電影狀況的一半：屬於午夜場觀眾的一半。不過，在八〇年代，星期六晚上十一點半午夜場的觀眾幾乎代表了主流觀眾。

那是個好年份

香港的新浪潮電影，由一九七八年底開始騷動，八一年是高潮期，八二年退潮，之後只剩下餘波。八一年是最後一次像樣但註定徒勞的叫陣。

那年可能是新銳導演拍戲機會最多的一年，包括許鞍華的《胡越的故事》、方育平的《父子情》、章國明的《邊緣人》、譚家明的《愛殺》、單慧珠的《忌廉溝鮮奶》、舒琪的《兩小無知》、余允抗的《凶榜》、于仁泰的《巡城馬》、嚴浩的《公子嬌》、王晶的《千王鬥千霸》、梁普智的《龍咁威》、翁維銓的《再生人》、霍耀良的《失業生》、蔡繼光的《不准掉頭》、黃志的《撞板神探電子龜》、卓伯棠《煲車》、黃志強的《舞廳》等，算是夠亮麗的成績單，更是極寬拓的光譜，放在之前任何一年都有可能改變香港電影的生態，偏偏在八一年遇上海嘯似的鬧喜劇巨浪，一下淹沒。

大部分新銳導演不見得不想拍商業片，梁普智、章國明、余允抗、黃志強、王晶、于仁泰等，一出道就是拍商業片，于仁泰的警匪片《牆內牆外》更是七九年度的第二賣座片。

從選題看新浪潮最有代表性導演的頭幾年作品——許鞍華的《瘋劫》、《撞到正》、《胡越的故事》，譚家明的《名劍》、《愛殺》、《烈火青春》，嚴浩的《茄喱啡》、《公子嬌》、《夜車》，徐克的《蝶變》、《地獄無門》、《第一類型危險》——都是有商業考慮的，只是他們希望拍出跟時下主流港產片不一樣的、或許更有意思的商業片。

今天，我們必須承認，正是這股跟一般港產片不一樣的味道，使得新銳導演——拍電視出身的、從英美學電影回港的、或兩種身分都有的——的作品跟港產觀眾始終有著距離。徐克與王晶是例外。

影評人高斯雅當年就曾敏銳的說，新導演們想以西方形式表現中國人和香港的感受是行不通的。

或者說，新銳導演看了太多藝術片和好萊塢商業片，受了太多外片影響，還沒懂得拍港產片。

我進電影行的時候，也是滿腦子外片，有點看不起主流的港產片，總想把港產片弄得更像好萊塢片，最大的野心是製作一些不像港片而像西片的商業片。我這方面的反省能力不夠，入行好幾年腦筋還沒轉過來。

記得當時不少新電影人受到七〇年代新好萊塢的鼓舞，言必哥普拉、史高西斯，恨不得有機會拍自己的《教父》、《的士司機》。只是，那一個好萊塢的觀眾，和我們這一個東方好萊塢的觀眾，要看的東西原來是不一樣的。

本來，是有一種有票房價值的類型電影，可以幫助一部分新銳導演從西片過渡到港片，那就是警匪黑幫片，可是八一年後連這個窗口都半關了，只剩下鬧喜劇爲主、諧趣動作片爲副的局面，都是新銳導演最不擅長的類型。接下的五年，倖存的新銳只能單打獨鬥，很被動在主流夾縫中求存。到八六年這個黑幫片窗口因徐克、吳宇森的《英雄本色》而重開時，當年的新銳已沒剩幾個能趕上車。

像許鞍華那部雅俗共賞的動作劇情片《胡越的故事》竟未能在八一年引領潮流，說明當時香港影業雖然在生意上越做越大，但在戲路和趣味上是在收窄的。

在這樣的大環境下，本來就求仁得仁的方育平，走本土樸素寫實路線，自然是在邊緣的邊緣。如果在八一年我們比較當時在台灣是拍商業片的侯孝賢，和拍了《元洲仔之歌》、《野孩子》、《父子情》的方育平，相信不少人會認爲方育平更有可能成爲歐美藝術片市場之星。當然，侯孝賢很快就會顯露他是世界級大師的本色。這裡除個人才華外，造化和兩地文化氛圍相信亦起了作用。

不過在八一年，我們經歷了香港電影多貌的一年，看到許鞍華方育平兩人的好作品，加上唐書璇七四年拍攝的文革片《再見中國》終被解禁，譚詠麟在台灣演了王童導演的《假如我是眞的》，謝晉在文革後第一部作品《天雲山傳奇》在港公映，新導演凌子風替大陸文革後第一家民營的南海影業拍成了《原野》，那年怎麼說都是一個難得的好年份。

在「後新浪潮」時期寫劇本

七〇年代末年我在辦《號外》雜誌，並打算寫一本介紹西方馬克思主義與結構主義的書，個人一直無甚收入可言，八一年我的第一個孩子出生，心想總得找辦法弄點錢，還好認識了幾個年輕電影導演，他們認爲我既然敢編雜誌，大概也會寫字，遂叫我去試做編劇。

當時我在文化小圈子裡已稍有名氣，可是香港電影圈不買文化圈的帳，我只是個新手，拿的是最低編劇費。

從八一年開始的兩年，我完成了五個劇本，其他談了半天沒了下文、寫了一半宣告夭折的就沒有統計了。

完成的劇本，沒有一本被拍成電影。其中一本是片子已開拍，但因投資方周轉不靈而停拍。其他是些武打片和劇情片本子，但到劇本完成時因爲武打片和劇情片皆不再吃香而被擱置──那陣子的電影潮流已向鬧喜劇靠。

原來當時香港的電影工作者，越先進場者越容易被犧牲。安全系數最高是剪接師和後期工作者，片子拍完才投入，打白工的機會最低，因爲不把後期製作做完的電影究竟比較少。可是編劇是第一個進場的，陣亡率最高，只要投資方改變主意或導演三心兩意，編劇就前功盡廢，往往連尾款也收不到。

空轉了兩年、五個誰都不知道的劇本後，我依舊是拿最低編劇費的新手。當時我什麼題材都願意寫，惟一堅持的是我一個人寫，不參加集體創作。

有一天，寫電視劇出了名的陳韻文把我介紹給譚家明導演。譚家明說要拍一齣電影體現尼采的遊牧思想，問我可有興趣，我當然說有，幸好他沒有追問什麼是尼采的遊牧思想。自始半年，我跟著譚家明吃早餐、午餐、下午茶、晚餐，滿香港到處逛，陪他購物，聽他講解法國高達導演對紅白藍三種顏色的運用。我天天學習，藝術格調日進，心裡惦著遙遙無期的中期編劇費。我的編劇工作是整理我們（大部分是他）茶餘飯後的奇想，日子有功慢慢竟像是個劇本了。

這齣後來叫《烈火青春》的電影在折騰多時後終於開拍，我以爲搭上了譚家明這個奇才的順風車，可以撿便宜賺個編劇名，誰知道戲才拍了一半多，花錢的場面還沒拍，譚家明已把預算耗光，而且若把故事拍完，片長非三小時不可。這時候投資方叫停，找來了四個名氣都比我大的編劇想辦法，結果弄出個日本赤軍殺手把主角殺掉收場，補最後動作戲的導演不是譚家明，是唐基明。《烈火青春》的編劇連譚家明在內掛六個名字，我只是其中一個。

這時候我的朋友、名攝影師楊凡也想拍電影，我們弄了一個自以爲特有感覺的三〇年代上海的愛情故事，楊凡請徐克導演替他找老闆，可是老闆只肯支持徐克本人，楊凡很大方的把導演位子讓了給徐克，我的劇本也交了過去，徐克找來兩個編劇高手，把我那楊凡式的懷舊浪漫輕喜劇，改成徐克式的懷舊浪漫鬧喜劇，這一「鬧」味道全出，後來我在午夜場看《上海之夜》這齣徐克電影工作室的創業作，心裡寫個「服」字，煞是好玩。這次我是三個編劇之一。

到了一九八四年，我的運氣來了，連續寫了《等待黎明》與《花街時代》

（在台灣公映時用劇本原名《霧鎖香江》），前者的背景是一九四一年太平洋戰爭前後的香港，後者是從五〇年代香港灣仔美軍酒吧區的蘇絲黃世界寫起，本子分別給了梁普智導演與陳安琪導演，竟皆拍成了電影，並只掛一個編劇的名字。我終於不是新手了。

《上海之夜》（楊凡版）、《等待黎明》和《花街時代》算是我當電影編劇時期的懷舊三部曲。那陣子我還改編了白先勇小說《謫仙記》與張愛玲小說《傾城之戀》，給了海豹劇團與香港話劇團。

不過，在「後新浪潮」的香港電影黃金十年的頭五年，絕對主導的類型是鬧喜劇，我可說一齣都沒趕上。

點止廣告咁簡單

香港廣告商會，即一般所說的四A，在一九五七年成立。新加坡比香港還早，四八年就成立四A。不過，如果你想在兩個四A的官方網站了解一下兩地的廣告業現狀，或至少知道一點這兩個歷史悠久的商會的自身輝煌歷史，你是什麼都找不到的。新加坡四A網站的歷史一欄，按進去只看到九一年後歷屆會長的名字，香港四A網站則連歷史欄目都沒有。兩個網站都是英文的，沒有中文版，新加坡不去說它，香港廣告界怎麼可能如此不長進？

廣告業一般都先四A而存在，台北的四A出現得晚，前身成立於八七年，正式成立在九一年，中文叫台北市廣告業經營人協會，網站比香港和新加坡更爛，卻有這樣一段話：「台灣的經濟成績為全世界有目共睹，由舊時農業社會搖身一變成爲今日民生富裕的工商社會，其中廣告的力量應屬首號功臣。我們與其說台灣的經濟與廣告同步起飛，還不如稱廣告帶領民生經濟快速發展」。我自命是廣告界之友，不過這樣的論調連我都認爲太過。

新成立的中國四A，網站做得較有創意，只寄望它以後內容也有意思。

我這一代是看廣告長大的，後來做媒體又跟廣告朝朝暮暮，目睹廣告如何激活摩登想像，仲介時代品位，求索本地人身分，影響不在電視、電影、報刊、流行曲之下。

六〇年代末，香港廣告人胡樹儒替低廉的老牌子瓶裝飲品綠寶橙汁拍了一條廣告片，叫了自己幾歲大的兒子，穿上西裝打上領結，一個人從豪華房車出來，一臉正經的走進半島大酒店，在氣派的大堂咖啡廳坐下，對畢恭畢敬的老侍應喊說他要喝綠寶。一個小孩走進這樣的場所，製造了懸疑，原來只是爲了喝最普通不過的綠寶，令人忍俊不禁。還不止如此，據廣告名家紀文鳳解釋，這片子之成爲里程碑，因爲拍的是一個華人小孩，在沒大人陪伴下，膽敢闖進當時象徵著殖民地洋派上流場所、小市民卻步的半島酒店，並理直氣壯的點選平民飲品。我想不需要進一步向大家分析當時香港普通市民看到這廣告後錯綜複雜的心理，只要看過一次的香港人，大抵都不會忘記，我自己就一直不明所以的記得。

紀文鳳自己是憑七六年維他奶廣告成名的。維他奶是老牌瓶裝荳漿，包裝像汽水，卻不帶汽，標榜營養，沿用多年的廣告口號是「飲維他奶，令你更高、更強、更健美」，眞夠實惠，但七〇年代的年輕人嫌它土，寧選大牌子汽水。維他奶爲了反擊汽水，要推新的形象廣告，負責創意撰稿的紀文鳳用了香港人一句口頭禪「唔簡單」，轉出「唔止汽水咁簡單」這句口號，廣告歌由顧家輝作曲，黃霑塡詞，黃霑畫龍點睛，建議將「唔只」改爲廣東話亮音的「點只」，遂有了名句「維他奶，點只汽水咁簡單」，傳誦一時。當年廣告非常講究口號。

其後紀文鳳創作了更多廣告名句，很能反映時代心態，如大家樂連鎖快餐店的「做足一百分」、丹麥藍罐曲奇的「兩梳蕉」、特醇軒尼斯的「Hey, Big Spender」。到八〇年代中後，廣告口號的重要性才漸被影像替代，香港廣告創作進入朱家鼎、吳鋒濠時期。

香港的廣告界華人，我最早只能溯至六〇年代的林秉榮、謝宏中、鍾培正。七〇年初紀文鳳入廣告行，在格蘭廣告打短期工，是謝宏中手下。七八年她跟四個男性廣告名家一起創立精英廣告，趕上跨國收購潮，不到一年葛瑞廣告就入股。九二年她北上成立中外合資的精信廣告，九五年離開廣告界。

紀文鳳著的《點只廣告咁簡單》（台版叫《進入廣告天地》）一書，曾獲選八九年台灣金石堂全年十大最具有影響力書刊，她的著作、演講和交流確確實實影響到一些台灣與大陸的同業，對兩岸三地廣告業轉型都有貢獻，不信可以去問滾石的二毛或廣州白馬的老闆。

爲什麼老提著紀文鳳？因爲我發覺還是她最願意爲全行業的事情出力，做公益奉獻、撥出時間培育年輕人。廣告界個個是聰明人，但也需要有熱心人，廣告業或許是今非昔比，但總不至於連商會網站都弄不好，連行業曾經擁有的風光歷史都不去梳理——香港四A已五十周年了。

動漫宗師

萬嘉綜、萬嘉淇、萬嘉結和萬嘉坤是四兄弟，南京人，一九二六年以萬籟鳴、萬古蟾、萬超塵、萬滌寰的藝名，在上海拍製出一部眞人和動畫合成的默片叫《大鬧畫室》，宣告了中國動畫的誕生。

三七年和路迪士尼推出了世界第一部有聲動畫長片：七十四分鐘的《白雪公主》，全球大賣。萬籟鳴和萬古蟾在上海孤島看後，就著手製作長達八十分鐘的動畫影片《鐵扇公主》，四一年完成，四二年公映，是爲中國第一部動畫長片，僅稍晚於世界第二部動畫長片，派拉蒙公司屬下弗萊夏片廠三九年的《小人國》，及迪士尼四〇年推出該公司的第二、三部動畫長片《木偶奇遇記》和《幻想曲》。

四三年，一名十四歲的日本男孩，名字叫手塚治，看到了《鐵扇公主》，啓發了他後來放棄醫學專業而用手塚治虫的名字改畫動漫。

《鐵扇公主》上演後，萬籟鳴就想籌拍《大鬧天宮》，但在多事的中國，他要等待二十三年，到六四年才完成這部至今最出色的國產動畫影片，當時獲得第十三屆卡羅維發利最佳影片獎和第二十二屆英國倫敦國際電影節最佳影片獎。可以說，那時候的中國動畫影片是達到世界領先水平的。然後是文革，萬氏兄弟下放改造，動畫手稿大都被毀。

反觀戰後的日本，十八歲的手塚四六年發表了連環畫《瑪阿的日記本》，翌年繪出了一百八十頁的《新寶島》，特別是開篇的八頁以帶電影感的大特寫、推近、變焦、搖鏡來構圖，成爲日本漫畫表現手法的里程碑，現在大家熟知的日式漫畫由此開始。多產的手塚在五〇年創作了《森林大帝》，五一年完成了《阿童木大使》，並在五二年推出續集《鐵臂阿童木》（又名《原子小金剛》），同年，深受《西遊記》影響的手塚創作了《我的孫悟空》，在日本《漫畫王》雜誌由五二年連載至五九年，並於六〇年和六七年兩度改編成動畫影片，名爲《西遊記》和《悟空大冒險》。五三年手塚發表了《綢帶騎士》（又名《藍寶石王子》），被公認爲是第一部少女漫畫。然後到了六三年，手塚自己的虫製作公司拍製了日本第一套電視動畫片集：《鐵臂阿童木》，每集半小時，連續播放四年。至此日本動漫的產業——漫畫連載雜誌、漫畫單行本、電視動畫片集、動畫電影——已成形。手塚的製作公司爲了節約成本，設計了大量預定義的動作，最著名的就是眨眼三幀、說話三幀的眼動口動系統，這種模式至今仍然被日本動漫界甚至遊戲製作界沿用。

可見在六三年和六四年，中日兩地動漫界都出現了大師級的領軍人物，一個是中國動畫之父，一個是日本動漫之神，只是時運各異，日本的動漫產業自此起飛，中國被遠遠拋離在後。

手塚治虫的英文是Tezuka Osamu，英文的介紹都說他是日本的和路迪士尼、manga與anime之父，並說他深受美國卡通的影響，他的大眼睛卡通人物造形仿自《小鹿班比》、《米奇老鼠》和《貝蒂哺哺》，這都沒說錯，他早期的《森林大帝》就是模擬迪士尼的風格，不過，論者也認爲迪士尼九四年的動畫片

《獅子王》，靈感來自《森林大帝》。

一九八八年，手塚治虫來到中國，拜訪了年已古稀的萬籟鳴。據日本手塚動漫製作有限公司總裁松谷孝徵後來說：「萬先生是手塚先生最尊敬和佩服的人。很多人認爲手塚先生受迪士尼動畫的影響比較大，實際上，他受中國動畫，尤其是萬先生動畫的影響更早，也更深遠些。」

手塚從中國回到日本後，完成了他最後一部動畫片的草案——題材再次是他心愛的《我的孫悟空》。翌年二月手塚逝世。二〇〇四年十一月，根據手塚遺作改編的日本動畫影片《孫悟空》，在中國北京舉行全球首映禮。

難爲了動畫片

一九七〇年代台灣出現卡通代工業，頗具規模，其中七八年成立的宏廣公司一度是世界最大的卡通加工廠。大陸在改革開放後也成了美日歐原創動畫的重要代工基地，近年轉移至越南、朝鮮。邵逸夫的香港電視廣播有限公司，在八五年成立了翡翠動畫公司，生產基地設在深圳，掛靠深圳市文化局下的深圳美術館，產品不准在大陸內銷，只能出口至香港和海外。翡翠動畫雖以漫畫、動畫原創和動畫代工爲三大業務目標，但原創作品的主要客戶只是香港的關係企業TVB，主業還是替歐美日——包括迪士尼——動畫代工。

香港要到八〇年代初才有原創動畫影片，即胡樹儒監製、改編自王澤漫畫的三部《老夫子》（因爲在香港和台灣放映時的出品公司不一樣，故在台灣被認爲是台灣出品），然後就要等到九七年徐克監製的《小倩》和近年袁建滔導演、謝立文與麥家碧原著的《麥兜故事》，都是個別發燒有心人艱苦奮鬥出來的孤立案例。

台灣在六五年有桂治洪兄弟攝製的十分鐘動畫片《武松打虎》，但之後除了一些短片外，也要到八〇年代初因爲《老夫子》第一集賣座才拍動畫長片，卻多在商業上失利，只剩下單打獨鬥。金馬獎自七九年開始就設有最佳卡通片的獎項，往往因爲沒有好作品而入圍從缺。

可以說，香港與台灣的原創動畫片產業從沒有成過氣候。兩地動畫創作者的才能惟得呈現在動畫廣告，或商業價值不高的動畫短片，或合成在電影電視中的特效。

在數碼新媒體時代，本來人人都可以玩一把動畫，反諷的是動畫影片和電視片集等昂貴的上游大眾產品，因爲全球競爭，門檻反而更高，資本、創意人材和通路同樣密集，美日產品全球市場已在，可以消化高昂成本，後發者包括韓國都要花特大力氣去建立良性產業循環，相對小成本的創作者則只能靠本地色彩爭取區域或分眾市場。

大陸的動畫影片製作有過一個黃金時期，就是由五七年上海美術電影製片廠成立到六五年之間的八年，共拍了四十九部動畫影片，除《大鬧天宮》上下集外，受歡迎的還有《小蝌蚪找媽媽》、《神筆馬良》、《沒頭腦和不高興》、《半夜雞叫》、《小燕子》、《金色的海螺》等。

記得小時候我看了無數迪士尼卡通片之後，才去香港的「左派」影院看《大鬧天宮》，依然樂不可支，或許說明在小孩子最無情的消費眼光中，國產動畫當時仍可跟迪士尼卡通拼市場。

水平高的觀眾也會欣賞當時一些動畫片裡的中國或民俗藝術風格，例如《小蝌蚪找媽媽》就以模擬齊白石的水墨畫風作爲動畫特色。那段時期還拍了三十七部木偶片，這個技術若能保留到今天會很管用，因爲最新的動畫潮流是要結合立體玩偶、手繪和電腦設計。

當然，文革把一切打斷了。中國動畫跟美國日本同時並進、爭一日長短的最後一次機會就此消失了。

七九年後的十來年，中國還有些流行的動畫長片如《哪吒鬧海》、《天書奇譚》及短片如《咕咚來了》、《嶗山道士》、《三個和尚》、《猴子撈月》、《山水情》、《阿凡提》等，加上《黑貓警長》、《葫蘆兄弟》等動畫片集隨著電視機在內地的普及而好像有了市場，故此有人說是第二個黃金時期，但這是關著國門說的話。先不談藝術成就，那時候的國產動畫，仍強調寓教於樂，其實已是經不起公開競爭的了，因爲同期的美日動畫在娛樂性和對觀眾口味的掌握已遠勝國產動畫。

故此到九〇年代，消費者可以普遍接觸到美日進口產品，貨比貨後，國產原創動畫在大陸市場上就立即萎縮，加上九三年當局突然出手扼殺剛萌芽的民營漫畫業，中國動漫進入漫長冬天。近年政府改以創意產業理由來扶持國產動漫，尚未交出好的成績單，只能一再用保護主義手段阻撓外來動漫產品的流通。可是美日動畫影視業世代累積，益發精妙，觀眾已看不上國產，因爲看過了美日大製作，胃口被調教得更挑，甚或出現口味路徑依賴，——小孩子不都偏愛那日式動畫的調調嗎？

錯過了激動的時機

連載漫畫在大陸叫連環畫，在香港叫連環圖，單行本在大陸舊稱小人書，在香港叫公仔書。

據香港漫畫人楊維邦一九八一年在《號外》雜誌描述，五〇年代香港的街頭巷尾，有不少公仔書出租攤，一條條的雞皮紙上，滿貼著色彩繽紛的連環圖封面，小孩子租了書後就坐在木條椅上看。那時候內容是黑白印刷的，開本比大人的手掌大不了多少。

楊維邦說後來在西環老城區看到：「木樓內黑沉沉的亮起幾個燈泡，大家都是沉緬在那些公仔書中」，聽起來像在形容鴉片煙檔。

到我小學看公仔書的時候，用當時文人的說法是余生也晚，公仔書已流行三十二開本，一毛錢一本的在街頭報攤出售。我買過許冠文的《財叔》及許強的《神犬》、《神筆》，據說還有伍寄萍的《童子軍》、何日君的《黑蝙蝠》、畫松樓的《電器小豬》、徐遇安的《一毛有戲睇》等。本來，就如天要下雨之類定律，小孩愛看公仔書但父母反對是歷久不衰的循環套，可是我父母沒有管我，反而是那時候的我覺得連環圖沒有給我太大的快感和激動，只不過好像小孩應看連環圖，所以我也看。

小學看過的所有連環圖中，最好看的反是一本改編自金庸小說《碧血劍》的六四開本連環圖，那是在我租看文字本之前。可以說，到六〇年代，香港武俠小說已出現真正激動少年心的東西，連環圖卻沒有。

小時候也沒覺得香港的單格和四格漫畫有多好看。五〇年代雷雨田的《烏龍王》和袁步雲的《細路祥》都是因被改編成電影才在電視看粵語舊片時被告知的，其他如楚子的《大班周》、李凡夫的《何老大》、《大官與肥陳》，加上五七年一份據說頗有影響的期刊叫《漫畫世界》，之後還有《小漫畫》、《漫畫周刊》和《漫畫日報》，對我來說又是余生也晚。

六〇年代多份報章上也有漫畫版，家裡是看《星島晚報》的，作爲少年兒童，我自然也盡責的看《星晚》漫畫版上的每一幅漫畫，如是多年，我可以肯定的說，絕大部分不太好看，或者說，不太好笑——就算在那個娛樂商品相對稀缺的年代。

當時漫畫內容重複，意識形態保守，連小學初中生都覺得不夠聰明。這包括名氣最響而且單行本最暢銷的《老夫子》。

王澤的所有《老夫子》漫畫中，只有一本當年覺得好玩的，就是戲謔《水滸傳》的《水虎傳》，因爲有玩弄名著的成分，顯得比較聰明。

我並沒有比一般同齡人聰明，只是當年的前輩漫畫家有點抓不住蛻變中的部分年輕人口味。

我認爲眞正讓當時讀者過癮、不管笑出來或會心微笑都不勉強的漫畫，或者說眞正有才情的作品，要等到嚴以敬的單格政治諷刺畫，及董培新、王司馬的四格幽默畫。

七〇年代初香港大學利瑪竇宿舍裡還偶會流傳美國的《瘋狂》漫畫誌、

《國家嘲諷》搞笑雜誌及《花花公子》雜誌，到了二年級更接觸到《村聲》和《紐約客》，有幾年大概沒有太注意本地漫畫。至於連環圖，因爲成長期沒有讓我上癮的作品，到大學就太晚了，連那些美國連環圖也看不進去——當時並沒注意日本連環圖，不知道早一點看到手塚治虫、鳥山明、藤子不二雄，會不會迷上連環圖？

正是這個時候，香港終於出現讓男性青少年眞正過了癮的連環畫家，就是黃玉郎和上官小寶。一些比我小幾歲的朋友，青春少年時恰好趕上《小流氓》、《龍虎門》、《李小龍》、《壽星仔》，從此著迷到三四十歲還在追看港式連環圖。我卻因虛長幾年錯過了吸收期，無法再在連環圖裡找到激動。

早期《號外》雜誌
負責美術設計的幾乎都能繪圖插畫，
頭三年胡君毅常在同一期內
以何雅士筆名畫連環圖，
並用如花美及伍昭明等筆名畫四格漫畫。
一九七八年初介紹了榮念曾的概念漫畫，
加上後來多期連載
利志達、歐陽應霽的另類創作，
大概可以說，
《號外》在美學上是接近現在
被稱為獨立漫畫的非主流漫畫的。

H埠連環圖教父

早期《號外》雜誌負責美術設計的胡君毅、黃錦泉、黃錦江、雷志良、黃仁逵、馬仲等都能繪圖插畫。頭三年胡君毅常在同一期內以何雅士筆名畫連環圖、並用如花美及伍昭明等筆名畫四格漫畫。那陣子還有張頌仁的鋼筆插畫。稍後黃仁逵與馬仲也開了多格漫畫欄目。這時期更刊登了阿化、阿蕉、本地小子、M.A.、天白等人的作品，七八年初介紹了榮念曾的概念漫畫，加上後來多期連載利志達、歐陽應霽的另類創作，大概可以說，《號外》在美學上是接近現在被稱爲獨立漫畫的非主流漫畫的。

不過在此同時，早期《號外》卻不由自主的把目光投向黃玉郎，用胡君毅七八年寫黃玉郎與美國奇幻插圖家弗蘭克・弗拉扎塔的一篇比較文章裡的話：

「觀後內咎的感到莫名的興奮」。

七七年初，我和胡君毅去到黃玉郎家造訪。他很快就說：「我做的東西是純粹商業性的，並沒有藝術價值。我的故事裡，反派永遠到頭來是輸的，這樣才符合中國人的原則，讀者才喜歡。同時公仔裡的中國人永遠是打勝的，但這是爲了劇情的需要，正邪要分明。我們一直都不怎樣色情，不過以前血腥味比較重一點，後來社會人士反對，我們便開始自律。現在的連環圖以招式及情節取勝」。他一次性把我大部分想問的問題都答覆了。

黃玉郎原名黃振隆，一九五〇年生，潮州人，十五歲入行畫連環圖，筆名黃玄生，後改爲黃玉郎，早期得意之作爲《超人之子》，另有《小蛇王》、《飛斧仙童》、《魔鬼小兵團》、《小傻仙》、《小魔神》、《柔道魔童》、《魔術小皇帝》等至少十多種作品，吸取了不少失利經驗，才有七〇年夏天開始定期推出的成功作《小流氓》，售價二毛，第一期賣掉七千本，故事寫「龍虎三皇」王小虎、王小龍與石黑龍等底層少年，好打不平，力戰各大黑幫，最後打到日本。

七〇年代黃玉郎的霸業漸成形，《小流氓》到七五年第九十九期改名《龍虎門》，另外還有《鐵血螳螂》、《鐵金剛》、《臭香港》、《趣怪漫畫》等產品，更辦了《金報》、《生報》兩份漫畫日報，已成了行業龍頭，香港連環圖業才算有了規模，畫師可望有較豐厚的金錢回報，讀者已不止是小孩子，雖還不至於如黃玉郎所說的「我想做到七歲到六十歲都看」，但確包括數以萬計的少年、青年和成年的男性粉絲。

這時候引來很多模仿者和競爭者，宿敵是一直跟黃玉郎較勁的上官小寶，黃出《小魔神》，上官出《小魔女》，黃出《小傻仙》，上官出《小醉仙》，黃出《獨臂小刀王》，上官出《獨臂刀之子》，黃出《小流氓》，上官出《小孤兒》，黃辦《金報》，上官辦《喜報》，到上官出《李小龍》，黃把李小龍放進第七十三期的《小流氓》內，讓李小龍壯烈慘死。不過，在七七年《號外》訪問中，黃玉郎說「我不怕競爭，只有三四個入流」，然後他說惟一推崇的對手是上官小寶。其後黃玉郎併購了上官小寶，並於八六年上市，一度一統天下。那一年張嘉龍在《號外》這樣總結：要寫香港十多年來的連環圖發展史，就等如寫黃玉郎的發展史無異。

不過，後來還是有挑戰者如馬榮成，而日本連環圖書也攻進來了。至於黃玉郎，大落再起後打造了《玉皇朝》，近年要進軍動畫。H埠也只有他可以在接受大陸記者訪問時說：「我是教父嘛！這個名稱很貼切，香港漫畫能自成一派，達到今天的地位，都是因爲我。」

不再認眞聽音樂

一九九八年我住在台北，有一次吾爾開希來聊天，大概也留意看了看我的CD架。後來他跟我說，回到家後，他向太太Stephanie如實報告了我的CD收藏，兩人捧腹狂笑。

我知道Stephanie十分熟悉美國流行樂，並且不會對我有惡意，但笑什麼呢？大概笑我像某個年代的遺老遺少。有時候，一個人的形象，突然被他身邊的半隱私物品所證實，讓旁人拍案叫絕、釋懷大笑。

我承認當時架上的CD，不成比例的多是六〇年代中至七〇年代初的美國時代曲：Bob Dylan、Joan Baez、Joni Mitchell、Janis Joplin、James Taylor、Simon and Garfunkel、Cat Stevens、Carole King、Carly Simon、Don McLean……說不定

還有Peter, Paul and Mary，看上去眞像是某個精神王國的愛國歌曲精選集。

就算我架上放著多張Leonard Cohen歷年CD，包括較新的《I'm Your Man》和《The Future》，而且還有Cohen多年合唱夥伴Jennifer Warnes的個人專輯《Famous Blue Raincoat》，也改變不了我的形象。Cohen的詩人名氣建立在前嬉皮的垮掉年代，六六年他已三十三歲，決定親自唱吟，搬去紐約，進出西二十三街的Chelsea Hotel，輾轉結識了帶他出道的Judy Collins和傳奇性的唱片出版人John Hammond，寫出、唱出〈Suzanne〉及〈So Long Marianne〉，並在六七年十二月二十六日出版第一張大碟。故此不管怎說，他是屬於那個「某個年代」的，凡是老老實實一張一張買Cohen新作品的粉絲，只是在自我暴露年齡和頑固脾性。

聽到吾爾開希和Stephanie的反應後，我有點受不了，檢視了一下CD收藏，發覺那年其實自己仍挺努力的在追趕潮流，買了Prodigy、Fat Boy Slim、REM、Garbage、Lauren Hill、Alanis Morissette，還有法國電子樂隊AIR，印裔搖滾樂隊Corner Shop，支援愛滋病患者的群星REDHOT+Rhapsody的CD，可惜各門各派皆輕嚐即止、零零落落不成體系，結果給一眼看穿。

我還可以給一個解釋：因爲舊唱片製成了CD，所以重新買了一遍六〇年代的作品，所以架上特別多那年代的CD……還是不要狡辯了，我的音樂口味是停留在某個年代，如果要坦白交代的話，可以說七四年大學畢業之後我就再沒有認眞的聽音樂，意思：只是人聽我聽的隨意的聽，不是好像原教旨信徒般掏心掏肺的聽，只是習慣，不是信仰。

那個「某個年代」的消逝，還可以從Don McLean在七一年五月錄製、長八分三十二秒的單曲〈American Pie〉看到端倪，在隱晦的歌詞裡——McLean說他自己還不如別人解讀得好——聽者可以感覺到一個時代、某個精神王國的結束，據說，搖滾已死。當然，這是見仁見智，只是我信以爲眞。漸漸，美國民歌和英美搖滾都不會再令我欲生欲死。

英美流行文化的最後堡壘

一九八〇年八月三十一日，在岑建勳主導下，《號外》雜誌替香港電台製作了一場懷舊音樂會，宣傳上說：「差不多所有你能夠記得的六〇年代香港樂壇的人物都會出現」。

他們是誰？依鄧小宇在同年十月份一篇叫〈我確信，這的確是我的音樂會〉的報導，演唱者排名不分先後有陳欣健、岑南羚、何國禧、關正傑、蕭亮、Robert Lee、Michael Remedios、Anders Nelson、Joe Jr.、Teddy Robin和許冠傑——算不上「所有」人物，但也夠代表性。當晚送了紀念品給爲香港引介英文歌居功至偉的前輩DJ "Uncle Ray" Cordeiro，台前台後台下還有梁淑怡、張敏儀、俞琤、葉德嫻、陳國新、張英、鄭東漢、Wallace Chow、Clifford Yim、Albert

Lee、Kenneth Cheung……猜想還有很多伴奏者在圈子裡都曾是有名的，據葉漢良在同一期《號外》的文章，許冠傑上台後還介紹了各伴奏「老鬼」。說不定他們以前都是穿一條褲子、追同一個女孩子的。

八〇年八月我人在溫哥華，錯過了這場註定是「空前絕後」的盛會。

當時的許冠傑，早已是香港粵語流行樂壇最大的一顆星，個人演唱會開到政府大球場，奇怪他竟然還能以神秘嘉賓身分參加這樣的大雜燴演唱會，而沒有被唱片公司、經理人勸阻。不同公司的一眾歌手，跟業餘歌手同台演出，爲的是懷舊及「我這一代打band仔」的團結精神，這種情況，到了高度商業化的八〇年代，不可能再發生，試想想八三年有了紅磡體育館，演唱會成了高產值大騷後，偶像歌手會多愛惜羽毛？

鄧小宇寫：「我不知阿Sam重唱英文歌的感受如何，但稍後他和Teddy兩人合唱Beatles Medley的時候，確是生龍活虎，兩人都施展出渾身解數」。

這是另一個特點，就是只唱英文歌，完全無視六〇年代香港樂壇還有粵語歌和國語歌。

其實從七〇年代中開始，粵語流行曲勢頭已猛升。那次演唱會上的部分歌手，平常在職業上已經是轉唱粵語歌的了，但那個晚上，他們用英語唱歌。葉漢良察覺：「六〇年代的他們，好像與現時中文粵語歌曲的他們劃分爲二」。時代早已變了，這場演唱會好像在宣布：本店在今晚狂歡後光榮結業。

如果有人問我，《號外》對當時香港文化有什麼走漏眼的地方，我首先想起的是：在我主編下的七〇年代《號外》，對本地粵語流行曲的崛起不夠重視，不單沒有參與打造潮流，反而有點落後於形勢，從編輯角度，至今想起我心仍戚戚然。

翻看八〇年以前的《號外》，很容易發覺評音樂的篇幅甚多，眾樂評人品位高妙，資訊完全與英美同步。換句話說，幾乎沒人寫本地粵語歌的評介。

當時《號外》很有熱情的站在第一線推動本地的電影、電視、舞台表演、書報刊漫畫、生活風尚、學術以至書寫，惟獨音樂上偏心進口的英文歌。看起來，有意無意的，英文歌眞是某一類香港人捍衛英美流行文化的最後堡壘，要到八〇年代才陸續投降。

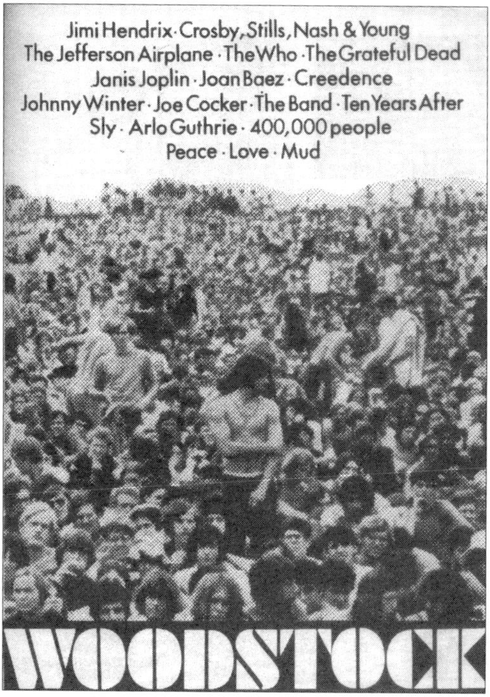

六〇年代是一類人永遠的懷舊對象，
伴我們成長的是英文歌，
那感覺是淒美和無可替代的，
Uncle Ray曾說：
慶幸我是當時歷史的一部分；
我想說：
慶幸我在青春期
遇上那年代的英文歌。

哪一類香港人？可能是部分六〇年代前後上英文中學的「書院仔、書院女」、「番書仔、番書女」，像我，當年只聽英文歌，其中音樂感特強的同學還搞了點本地化，就是自彈自唱或組樂隊，甚至自己作曲作詞——歌詞當然是英文的了。

黃金期是六〇年代，特別是The Beatles訪港的六四年後，用Uncle Ray在接受《號外》訪問時的話：「在Beatles未開始他們的音樂之前，香港流行的全是夜總會式的音樂，受歡迎的歌星全在夜總會演唱，當時並沒有流行音樂會這回事，Beatles出現之後，樂隊才開始如雨後春筍般組成，每間中學都有它們的樂隊」。曾經「玩band」、「夾band」的岑建勳寫：「大概是六四、六五年開始，香港興起一股組織樂隊的熱潮，最燦爛的時光，是六六年至六九年。之後解散的解散，離開的離開」。

六〇年代是一類人永遠的懷舊對象，伴我們成長的是英文歌，那感覺是淒美和無可替代的，Uncle Ray曾說：慶幸我是當時歷史的一部分；我想說：慶幸我在青春期遇上那年代的英文歌。

什麼是香港流行曲

上世紀七〇年代末，港式粵語流行曲爲全民所確認，在此之前，什麼歌曲才是香港的流行曲，是可以爭議的。

粗略而言，在五〇年代，粵語人聽的是粵劇粵曲；國語人包括廣義的上海人聽的是國語時代曲；洋派人士及年輕人聽的是英文歌，當時叫歐西流行曲。

到六〇年代，受過英語訓練的嬰兒潮一代進入青春期，人多勢眾，進口英文歌主導了香港的流行曲市場。黃志華九〇年《粵語流行曲四十年》一書說：「Beatles帶給香港的『道德恐懼』及年輕一代的『新感性』，衝擊之大，前所未有。可以說，整整的六〇年代，基本上是由歐美的搖擺音樂和民歌統領著香港樂壇」。

港產國語歌也不算寂寞，只不過甚爲依附國語電影。據黃奇智在《姚敏的「電懋風格」》一文，新編的國語歌包括海派時代曲，邵氏電懋兩大及其他電影公司的國語片插曲，及六〇年代中黃梅調電影帶來的黃梅調熱潮。當時兩大配樂名家爲綦湘棠和姚敏。

到六〇年代末，國語歌來了一次眞的短暫高潮，不過這次的原產地是台灣。姚蘇蓉六六年憑第一張唱片《負心的人》在台灣竄紅，六九年的〈今天不回家〉更喊遍台港，引發台式國語歌空襲香港：楊燕的〈蘋果花〉、尤雅的〈往事只能回味〉、湯蘭花重唱的〈負心的人〉、李亞萍唱到躺地的〈雷夢娜〉。男歌星青山更圓了「大盜歌王」林沖未竟之志，成了進口的師奶殺手。走入港人視野的還有張帝、包娜娜、謝雷、崔台青、吳靜嫻、趙曉君、楊小萍、白嘉莉、藍毓莉、余天等。無可否認，台灣國語歌確是七〇年代初香港的流行曲。

當時香港出現了歌廳，專請台灣歌星來走場演出，很多是群星抱團而來，如「藝霞歌舞團」，特別吸引了年齡層較高的國語人、上海人捧場。

及後，國語歌不管是港產或進口，都再談不上大熱潮了，雖然不乏個別台灣歌手在香港唱出名堂，掀起小風潮，包括校園民歌、〈橄欖樹〉齊豫，〈龍的傳人〉侯德健、〈搭錯車〉蘇芮，文化人追捧的羅大佑，以至李宗盛、齊秦、李壽全、吳大衛——但構不上潮流。歷久不衰的惟鄧麗君，曾多次獲得香港金唱片及白金唱片。

至於本應是最有地方色彩的粵語歌，卻最為零落，拋開粵劇粵曲不談，粵語流行曲的發展是轉折而緩慢的，相比之下，鋒頭、地位、質量和產值皆不如國語歌，更遑論英文歌，當然，其中還有階層的偏見。

當年粵語流行曲又稱粵語時代曲、廣東時代曲、時代粵曲、時代小曲、跳舞粵曲。可見連名稱都無法約定俗成的確認。

據容世誠二〇〇六年《粵韻留聲——唱片工業與廣東曲藝（1903-1953）》一書，跟傳統粵劇粵曲有區別的「新曲」，始創的時間可以追溯至三〇年代，與唱片工業及有聲電影的出現有關。不過現在老一輩人還有印象有感情的，是五〇年代後期的周聰、呂紅、林鳳，以及鬼馬歌如新馬仔、鄧寄塵、李寶瑩、鄭碧影合唱的〈飛哥跌落坑渠〉。當時有「和聲」、「南聲」、「美聲」、「幸運」等粵語歌唱片公司。

可是粵語歌始終算不上是香港流行音樂的主力，由六〇年代苗金鳳的〈一水隔天涯〉，到陳寶珠、蕭芳芳等的粵語電影插曲〈女殺手〉、〈郁親手就等打〉、〈檳城豔〉，到坊間或南洋改編的〈賭仔自嘆〉、〈行快D啦〉、〈哥仔靚〉、〈一心想玉人〉，到七〇年代初譚炳文、李香琴的〈璇宮豔史〉，到鄭錦昌、麗莎的小調〈新禪院鐘聲〉、〈相思淚〉，以至由粵曲或日本歌改編的〈唐山大兄〉、〈分飛燕〉、〈天涯孤客〉，你說不流行嗎，它們也眞讓很多人耳熟能詳的可以哼唱，不過一來數量少含金量不高，帶動不了大氣候，二來受眾社會地位低，反制不了英文歌與國語歌。

一切到七〇年代中才開始有質的變化。八一年九月《號外》專題，調侃的爲香港歷年的社會偏見列出一份表，其中粵語流行曲一項是這樣總結的：五〇年代——阿嬸歌，六〇年代——馬姐歌，七〇年代——廠仔歌，八〇年代——香港歌。

夜未央，星已隕

一九七七年的美國片《周末狂熱》，七八年初夏在香港公演，將的士高舞曲推上沸點，接下來還有《油脂》、《TGI Friday》等歌舞大片襲港。可是本地的唱片界，最初估計《周末狂熱》的雙碟只能賣掉一萬張，結果一度弄得斷市，出乎意料幾個月內賣掉超過五萬張。

感覺上，當時英文歌的勢頭還挺盛。其實，的士高舞曲只是英文歌在香港的秋老虎。同屬「寶麗多唱片公司」的另一張唱片、本地製作的許冠傑《賣身契》，估計七八年頭六個月在香港就發行了十三萬張，加上台灣星馬及海外僑社，黑膠唱片與錄音帶合起來發了五十五萬。另一張本地製作的粵語唱片，鄭少秋的《倚天屠龍記》，也正在熱賣。

可見當時本地粵語歌的流行程度，已經遠遠超越了進口音樂，後者主要是英文歌。

不過，在七八年，英文歌還撐得住門面，Abba、Boney M.、Olivia Newton-John唱遍大街小巷，的士高場所更遍地開花，給人感覺英文歌依然時尚。當時的DJ仍在努力的推介英文歌，很有使命感，音樂上要與國際即美國接軌。在九月的《號外》，我引了「商業電台」俞琤和「香港電台」吳錫輝的話。俞琤說「Every time we played a song, we mentioned Billboard」；她說：以前電台播英文歌，百分之六十是舊歌，現在越走越近美國排行榜，「Foreigner以前冇人聽，依家係青山道都好好賣」。吳錫輝說現在DJ「可以更大膽選曲，不需要百分之一百商業化」。

英文流行曲消費者的口味越來越精妙，不禁讓人對英文歌在本地的發展充滿憧憬，誰料到越分眾越脆弱，何況蠻子已經造反了，曾經如日方中的英文歌帝國，落日將何其速？

由七八年退回十五年，「商業電台」中文台曾因爲道德理由一度禁播

Beatles音樂，推前十五年到一九九三年香港粵語歌產業黃金時代的最後幾年，英文流行曲不用禁也會因爲商業考慮幾乎不再被選播。

形勢比人強，所有香港歌手收到一個訊息，你要紅？唱粵語歌吧！你會紅。

八六年十二月的《號外》，林夕寫了〈中文歌十年〉一文，提出「崛起的原型」三段論，他說紅歌手的崛起，「早期其實有一個原型，便是堅持，放棄，紅」，羅文、甄妮本來堅持唱國語歌，後來放棄堅持，改唱粵語歌而紅，許冠傑、林子祥、葉振棠、譚詠麟、阿B、陳潔靈、關正傑、大L都是玩樂隊唱英文歌的，「後來不得不屈就了，這樣，便紅了。由於屈就，自顯得感人」。

許冠傑的最後努力值得一提——七四年二月他的冠軍英文單曲〈The Morning After〉首天賣出一千張，被認爲是不得了的成績，但同年他的《鬼馬雙星》賣十五萬張，然後有七五年《天才與白痴》、七六年《半斤八兩》等勁賣大碟，早已嚐到粵語歌的巨大甜頭和無比威力，但他仍堅持在七〇年代中灌錄了幾張英文碟，最後一張《Sam Hui Came Travelling》出來時已是七七年十一月，並且，同年他的第一張個人精選集一半還選放了英文歌。

七九年八月我訪問了被認爲最洋氣的林子祥，他已從唱英文歌轉到唱粵語，並剛出了第一張粵語大碟《抉擇》，他說：「我的英文唱片心機俾好多，但反應唔夠，現在一樣用英文碟的心機，擺落中文歌，用聽眾的語言講野」。連林子祥都改唱粵語歌，英文歌怎能不被邊緣化，粵語歌一枝獨秀的日子還會遠嗎？

魯思明在《號外》七九年六月評述**TVB**節目「第三屆金唱片頒獎禮」時說，當主持人何守信和狄波拉宣布，進口唱片的二十四個得獎者不再逐一頒發獎項而是全體一起上台領獎，台下觀眾如釋重負。這說明三點：一、進口唱片一直大有人買；二、那年的電視觀眾已經覺得頒獎給進口唱片是過場是悶場，戲肉是在絕大部分粵語的本地唱片；三、唱片公司也接受**TVB**把得獎外國唱片速戰速決的做法，宣傳的重點在本地唱片。夜尚未央，何以星隕如此！

影視帶動粵語歌起飛

一九七一年，許冠文寫了首中文歌，由許冠傑譜曲，歌名叫〈鐵塔凌雲〉，在TVB的《雙星報喜》及《歡樂今宵》節目上獻唱。這是許冠傑第一首原唱的粵語歌。不知道他是否已經意識到，幾年後粵語歌將鋪天蓋地的取代英文歌。

七〇年代的粵語歌潮，跟歷來香港的國語歌一樣，有賴電影的推動。許冠傑隨《鬼馬雙星》電影在七四年十一月推出了同名粵語歌大碟，跟著兩年還出了《天才與白痴》、《半斤八兩》大碟。另外，七六年一部新派警匪片《跳灰》的主題曲，黃霑詞、黎小田曲、陳麗斯主唱的〈問我〉，亦流行一時。

不過，這次粵語歌大潮不止一洗頹風，簡直是人民大翻身，狂風掃落葉，然後一統天下。何來這麼巨大的新能量？答案之一是：粵語電視。這個媒體的威力，是前所未見的。

七一年，本身並非廣東人的資深影視人王天林，替TVB監製電視劇《啼笑姻緣》時，力排眾議，主題曲用粵語唱出，顧嘉輝作曲、葉紹德填詞、仙杜拉主唱。八六年林夕在《號外》寫：「自《啼笑姻緣》以來，粵語流行曲便在電視劇帶領下踏上正途。很多歌星都是以唱主題曲起家的，羅文〈錦繡前程〉、關正傑〈天蠶變〉、葉振棠〈戲劇人生〉、葉麗儀〈上海灘〉」。

不過，電視影響力在香港的全面爆發，要等到七六年TVB武俠劇和長篇連續劇出現後，全民看電視，順帶電視連續劇主題曲也成了全民之音：〈狂潮〉、〈家變〉、〈陸小鳳〉、〈決戰前夕〉、〈小李飛刀〉、〈誓要入刀山〉、〈倚天屠龍記〉、〈楚留香〉……「香港電台」七九年一月開始的「十大中文金曲」年度選舉，七八至八〇年的三十首金曲有十五首是電視主題曲。

電視更把粵語流行曲變成全民矚目的收視盛事。七七年三月TVB製作了香港國際唱片業協會主辦的「第一屆金唱片頒獎典禮」，得獎的本地歌手包括杜麗莎、露雲娜、溫拿樂隊、許冠傑、徐小鳳、陳秋霞、鄭少秋與汪明荃。

七七那年只有十六張本地的金唱片，頒給售逾一萬五千張的唱片。七八年有十九張，另增了白金唱片六張，後者指標是售逾三萬張。七九年增至金唱片二十四張，白金唱片十九張。到了八〇年，金唱片標準提至售逾二萬五千張，白金唱片至售逾五萬張。八一年曾有過金唱片二十張，白金唱片三十五張的紀錄，雖其中五張是鄧麗君的國語大碟，但無可否認，粵語歌的風行，使香港唱片的銷路激增，唱片業產值猛升。

七六至七八年各電視台的歌唱比賽如「亞洲業餘歌唱比賽」和「香港流行歌曲創作邀請賽」，冒出了張國榮、陳百強、蔡楓華、露雲娜。八二年七月，TVB的「第一屆新秀歌唱大賽」，發現了梅豔芳。

除電台、電影、報刊宣傳外，本地粵語流行曲的起飛跟無線電視的推動是分不開的。

這時候有一個微妙的變化：一方面，香港的電視戰爭八一年結束，TVB完成霸業，也壟斷了本地歌手的電視露面權，對流行樂壇的影響無與倫比。電視主題曲年代最重要的作曲家顧嘉輝，八一年決定赴美國深造，TVB也放心讓他走，還趁機做了個「群星拱照顧嘉輝」的歡送大騷。

不過在另一方面，消費者的趣味有點改了。林夕說：「從前流行古裝武俠劇主題曲，到八三、八四年開始才強調現代城市經驗……甚至，對一般電視主題曲有所抗拒」。八四那年，電視主題曲竟沒有一首進得了金曲榜。

從這個意義上，香港的粵語流行曲在八三、八四年才眞的到了成熟期，有了相對的主導性，不再是電視或電影的衍生物了。那兩年譚詠麟有《霧之戀》、《愛的根源》，張國榮有《風繼續吹》、《Monica》，梅豔芳有《赤色梅豔芳》、《飛躍舞台》，本地新超級巨星時代到了。

紅館紀元也到了：當然，八三年五月五日開第一場個人演唱會的，還是許冠傑。

雜種修成正果

戲曲學者容世誠寫了一篇很有趣的文章，講述一九三〇年美國派拉蒙公司有聲歌舞片《璇宮豔史》在中國上映後，旅居上海的粵劇名伶薛覺先搶前在同年下半年將影片改成時裝的粵曲舞台劇，並自己飾演阿露佛伯爵。翌年另一粵劇名伶馬師曾也排出自己的版本，遂有薛馬爭雄之說。

三四年，邵氏前身的上海天一公司將薛版《璇宮豔史》拍成粵曲歌舞電影，由薛覺先自編自導自演。到五七年，電懋公司再拍《璇宮豔史》粵曲片，由張瑛、羅豔卿、梁醒波、譚蘭卿主演，並在五八年追拍續集，張瑛和羅豔卿在片中的曲藝唱腔，是宣傳重點之一。

薛覺先除此片外，還拍了《白金龍》和《毒玫瑰》等「西裝劇」。在五〇年代，香港粵劇電影界掀起仿拍好萊塢片的熱潮，出現西裝粵曲歌舞片如《月宮寶盒》、《歷盡滄桑一美人》、《駙馬豔史》、《玻璃鞋》、《賊王子》。我上小學時期在電視上還補看過這些半唐番歌舞片，由香港粵劇紅伶扮歐洲人、阿拉伯人、印度人，演到半途就唱起粵曲，生鬼有趣，不以為忤。

大概，所有傳統戲曲都有半唐番成分，至少會用上胡音胡樂器。晚出的如京劇及粵劇，混雜程度可能是最高的。三〇年代以後，粵劇大師搶拍西裝劇，可能是為了生存，為了賺錢，也可能是想發展當代粵劇，學者可能說是對現代的回應。可以看到一點，當時的粵劇界領軍人物不介意混雜，很有主體思想。

如果上世紀的粵劇粵曲是混雜的，同期坊間粵語小調說唱包括「木魚」、「龍舟」、「南音」、「鹹水歌」等更花雜不分，而粵語流行曲最初叫跳舞粵曲，是為伴跳西洋社交舞而出現，容世誠所說的「粵曲是戰後香港舞廳的主要演唱曲種」，樂器中西合璧，梵鈴、色士風、吐林必、吐林風、告朗匿、結他、爵士鼓配二胡、琵琶。

容世誠提及五〇年代後期粵語歌旗手周聰，在創作流行曲時，受到粵劇大師呂文成的鼓勵和影響，並從其他粵曲前輩處學到編寫粵語歌的技巧。當年另一重要粵語流行歌手呂紅，就是呂文成之女。粵語流行曲部分養料來自粵劇粵曲及粵語小調，一衣帶水不在話下，但同時也大量的改編各地民間歌謠、國語時代曲、西方古典音樂、西洋東洋流行曲及電影插曲，可說一起步就是百川匯流的雜種化結晶。

七〇年代粵語流行曲崛起的兩大人物，許冠傑用結他作曲，顧嘉輝出身夜總會，他的創作，並非延續早前的粵曲小調、國語時代曲，或當時得令的英美搖滾及民歌，反是取材於更早期的北美大樂隊風格，編出悅耳、氣派的連續劇主題曲。

七〇年代最後幾年，的士高流行，粵語快歌多加進跳舞節奏，功能上回到早期的跳舞粵曲。及後電子合成器普及，粵語流行曲就添了電子聲。據林夕在八六年說，羅文與甄妮合唱的〈射雕英雄傳〉是電子編曲的濫觴，而「八四年的〈天籟〉，得了最佳編曲獎，顯示，電子化的感覺將會進佔我們流行音樂的感性之中」。

居港的菲律賓及其他非華裔樂人是香港整體樂壇的重要成員，詳情可參看黃霑的博士論文，很多粵語流行曲都是由他們奏樂或錄音的，更有作曲編曲者如Nono Ocampo、Chris Babida。八〇年代，香港流行樂壇大量改編了精妙動聽的日本原創流行歌曲，由梅豔芳至張學友無不受惠於這個改編潮，故此也可說是日本流行曲替香港粵語歌輸入了新血，大幅提升了後者的亮度和熱度。

粵語流行曲雜種修成正果，是香港文化本地化發展的最佳範例，一、進口替代：本地製作取替進口產品；二、本地化就是雜種化；三、雜種的本地化成了文化特色，建構出香港的文化身分。

遺珠

報紙：在一九七九年，香港有報刊四一二種，包括四家英文報，一一二家中文報，每日銷量在十萬份以上的有四家，平均每千人每天看三一〇份報紙，閱讀量僅低於日本。當時，左派有《大公》《文匯》《新晚》《商報》等報，右派即國民黨有《香港時報》，一些中間偏右的報紙如《星島》、《華僑》、《工商》，版頭皆仍掛著中華民國年號。標榜中立的是五九年創辦的《明報》，初以連載《神雕俠侶》站穩陣腳，六二年大躍進後期與《大公報》等左報打筆戰，以社論吸引到水平較高的讀者，在文革期間躍升爲大陸與台灣以外華文知識分子第一報。精英報後起之秀是七三年創報的《信報財經新聞》，大眾報銷路最大的是《東方日報》和《成報》，英文報的大贏家是《南華早報》。當時還有每天出版的娛樂新聞報、連環圖報、馬經報和情色報。

副刊：副刊有固定專欄作家，日復一日發表短小文章，是香港中文報紙特色，內地、台灣、英美都沒有對等現象，四九年後南來文人奠定這種驚人的文類形式。據副刊研究者黃子程轉述作家董千里（項莊）的說法，港式副刊雜文是隔代繼承了魯迅風，「四十餘年來，雜文以一杜擎天的姿態支撐著香港文學這塊招牌，至今猶然，可謂異數」。我不覺得副刊雜文在香港文學中一杜擎天，不過的確在香港要以寫作爲生，不管是評論家、小說家、詩人、散文家、劇作家都得寫點專欄。七〇年代作家能擠進《明報》副刊，代表著身分受肯定，三蘇、哈公、簡而清、亦舒、林燕妮、李碧華、王亭之、項莊、丁望、胡菊人等人的專欄都是我每天看的，至今佩服他們在多產之餘保證質感。數專欄，你會發覺香港盛產作家。女專欄作家統稱才女。

周刊：七〇年代是《明報周刊》的年代，香港人每星期日一家人上茶樓飲茶，都會帶上一本，以作談資，明星都很配合，誰要離婚、誰跟誰好，都自動在《明周》報料，狗仔很友善，主編雷坡在明星社交照片下的按語，抵死幽默。當時還有《新知》等多份大開本周刊，各有賣點，但動搖不了《明周》霸主地位。女性雜誌方面，外國品牌尚未殺進來，一紙風行的是本土特產《姊妹畫報》雙周刊，七〇年十月創刊，口號「姊妹與你，親如姊妹」，如果搜當年年輕女士們的手袋，除口紅和零錢外，說不定還可以找到《姊妹》。

電台：說到七〇年代的電台，不能不提俞琤，她是當時鋒頭最勁的商業電台早晨節目主持人。我個人很感謝她，因爲在《號外》草創期，每期出版後她都在電台節目中號召聽眾去買雜誌，給我們免費宣傳。我小時候，有香港電台、麗的呼聲和五九年開播的商業電台，可聽到李我的「空中小說」、六七年社會騷動期間商台林彬的匕首式短評，還有粵曲、國語時代曲及歐西流行曲。音樂節目名主持包括黃志恆、許綺蓮、詹小萍、陳韻文、郭利民、陳任、朱培慶、吳錫輝等，其後好手太多，未能盡錄，老友記們見諒。七〇、八〇年代商業電台和香港電台的主持多是年輕人，對新生事物的反應比報紙和電視更快，《號外》也在電台開過節目，其後岑建動更以潮州怒漢雷劲的形象在電台開講而家傳戶曉。

收藏：荷李活道古玩一條街，從來成行成市，中外馳名。收藏界的一群顯赫人馬在六〇年成立敏求精舍，典出《論語》：「我非生而知之者，好古敏求之者也」。敏求至今在全球中國書畫文物收藏界仍舉足輕重。大藏家胡仁牧是首八屆主席，他的收藏始於四九年前的上海。另一上海大藏家是仇焱之，來港後四九年以一千港元撿漏買了明成化斗彩雞缸杯，八〇年在香港蘇富比拍賣會上拍出五百二十九萬港元，九九年再拍賣時拍得二千九百一十七萬港元。另有隱於市的大藏家，例如住在我小時候家樓上的高伯伯，原來是收藏張大千作品至豐的高嶺梅，畫都收在床下鐵箱內。蘇富比與佳士得都於七〇年代在香港設公司，香港的中國藝術品拍賣市場緊貼紐約倫敦。

國粹：古琴是中國的雅樂器，當代古琴彈奏宗師級琴家，梅庵派的吳宗漢王憶慈夫婦及泛川派的蔡德允，都曾在香港。後來吳宗漢移民台灣及落杉磯，蔡德允則一直在港授徒，桃李滿門。香港電台在六〇年代由盧家熾成立粵樂隊及中國音樂團。七七年政府成立香港中樂團，名家包括第一任音樂總監吳大江，二胡黃安源、湯良德，琵琶林風，笛黃權等。京劇方面，民間有粉菊花的春秋戲劇學院、于占元的中國戲劇學院、唐迪的東方戲劇學院、馬承志的中華戲劇學院等。國畫方面，中文大學美術系故然一度名家雲集，嶺南派主力也轉移到香港，楊善深、趙少昂等名字文化界人人皆知，另有在四川時期與張大千、陸儼少同遊的彭襲明，低調的居港，作畫不絕，教學嚴謹。當時沈葦窗辦的《大人》、《大成》雜誌，除替張大千搖旗吶喊外，也是南來藝文戲曲界懷舊及交流的平台。國學包括史學的大家在香港者有太平洋戰爭前的陳寅恪、許地山，到戰後的羅香林、饒宗頤、錢穆、牟潤蓀等。治基督教和中西思想有謝扶雅、治中國哲學史有勞思光。當代新儒家的哲學家，唐君毅一直在新亞書院，牟宗三六一年來港，由香港大學再轉新亞，徐復觀則是七〇年到新亞。

大學：殖民地本來只有一所政府資助的大學，即香港大學，此外一九三七年成立香港官立高級工業學院，三九年成立羅富國師範學院。四九年後，私立大專院校相繼湧現。就讀私立大專的學生在五七年有二千多人，是香港大學人數的三倍。四九年錢穆、謝幼偉、崔書琴、唐君毅、張丕亞等成立亞洲文商學院，翌年在商人王岳峰資助下，在九龍桂林街創辦新亞書院。五一年，從內地南下的基督教大學人士合力辦了頗具規模的崇基書院。五六年，平正、華僑、廣僑、文化及光夏五所私立書院合併成聯合書院。在崇基的凌道揚、新亞的錢穆、聯合的蔣法賢三位校長的多年努力下，三書院於六三年合併成爲第二家政府資助的大學，即香港中文大學。此外由四九年至七〇年代初先後建校的還有珠海、浸會、香江、廣大、華商、遠東、嶺南、能仁、樹仁等大專級書院。政府則分別在五一年、六〇年和七四年成立葛量洪師範學院、柏立基師範學院和香港工商師範學院。香港工業學院也在七二年改名爲香港理工學院。這些高等學府的學生與畢業生是打造七〇年代本土文化的第一梯隊。

海歸：留學是歷代許多華人學子的夢想。香港五〇、六〇年代出國的留學生，很多選擇待在彼邦，七〇年代開始，回流的漸多，可說海歸滿目皆是，倡歐風美雨，有助推動香港在八〇年代初變身爲世界城市。當年英美同學會的餐舞會甚至成了年度城中社交盛事。《號外》的幾個創辦人，鄧小宇、胡君毅、丘世文、岑建勳、劉天蘭和我，都在英美歐陸稍待過，雖則港音未改，多少也沾了點海歸脾性，此脾性把握不好則易討人嫌，有本地文人曾說我們站在城樓罵漢人，若眞如此，聞過則改，海歸切記切記。

洋人：外籍人士對本土文化的貢獻至大，是香港的一大特色。在本書談到四九年後的各種細藝中，廣告、電台、電視都是由洋人參與奠定基礎的。藝術、設計、話劇、古典音樂在七〇年代以前，洋人都很活躍。電影文化沒有洋人創辦的第一影室將大爲失色。蘭桂坊沒有洋人不會有今天。流行音樂不論是歌手、樂隊、樂手或編曲作曲家都有很多洋人，D'Topnotes、Danny Diaz、Romeo Diaz、Anders Nelson、杜麗莎、鮑比達等等皆對本土音樂文化有貢獻。七〇年代及以前，很多出色的新聞工作者是洋人，由《遠東經濟評論》的Derek Davies到《南華早報》的Kevin Sinclair和Michael Chugani。著名英國詩人Edmund Blunden曾任教香港大學英文系達十一年。Austin Coates寫的香港電燈公司及黃埔企業史皆非擦鞋之作。Richard Hughes的書名《香港：借來的地方、借來的時間》大概是九七前被引用最多的套句之一。

發燒友：香港有一路的攝影發燒友，大多是業餘人士，器材講究，技巧一流，代代相傳，他們的沙龍攝影作品，在世界各地比賽中拿獎拿到手軟，完全自外於現代藝術潮流而自得自樂。本地的音響發燒友對器材的掌握與投入也是舉世知名的。七〇年代仍有京劇票友，自掏腰包組團承包大會堂劇院演出。粵曲發燒友更不用說，因爲專業戲班、偶像及大佬倌皆在，仍是活生生的傳統。縱橫多年的塗鴉發燒友，九龍皇帝曾灶財則現已成爲本土藝術標像。

26.	迷蝶	廖咸浩著	260元
27.	美麗新世紀	廖咸浩著	220元
28.	台灣原住民族漢語文學選集——詩歌卷	孫大川主編	220元
29.	台灣原住民族漢語文學選集——散文卷（上）	孫大川主編	200元
30.	台灣原住民族漢語文學選集——散文卷（下）	孫大川主編	200元
31.	台灣原住民族漢語文學選集——小說卷（上）	孫大川主編	300元
32.	台灣原住民族漢語文學選集——小說卷（下）	孫大川主編	300元
33.	台灣原住民族漢語文學選集——評論卷（上）	孫大川主編	300元
34.	台灣原住民族漢語文學選集——評論卷（下）	孫大川主編	300元
35.	長袍春秋——李敖的文字世界	曾遊娜、吳創合著	280元
36.	天機	履　彊著	220元
37.	究極無賴	成英姝著	200元
38.	遠方	駱以軍著	290元
39.	學飛的盟盟	朱天心著	240元
40.	加羅林魚木花開	沈花末著	200元
41.	最後文告	郭　箏著	180元
42.	好個翹課天	郭　箏著	200元
43.	空望	劉大任著	260元
44.	醜行或浪漫	張　煒著	300元
45.	出走	施逢雨著	400元
46.	夜夜夜麻一二	紀蔚然著	180元
47.	桃之夭夭	王安憶著	200元
48.	蒙面叢林	吳音寧、馬訶士著	280元
49.	甕中人	伊格言著	230元
50.	橋上的孩子	陳　雪著	200元
51.	獵人們	朱天心著	260元
52.	異議分子	龔鵬程著	380元
53.	布衣生活	劉靜娟著	230元
54.	玫瑰阿修羅	林俊穎著	200元
55.	一人漂流	阮慶岳著	220元
56.	彼岸	王孝廉著	230元
57.	一個青年小說家的誕生	藍博洲著	200元
58.	浮生閒情	韓良露著	220元
59.	可臨視堡的風鈴	夏　菁著	280元
60.	比我老的老頭	黃永玉著	280元
61.	海風野火花	楊佳嫻著	230元
62.	家住聖·安哈塔村	丘彥明著	240元
63.	海神家族	陳玉慧著	320元
64.	慢船去中國——范妮	陳丹燕著	300元
65.	慢船去中國——簡妮	陳丹燕著	240元

66.	江山有待	履　彊著	240元
67.	海枯石	李　黎著	240元
68.	我們	駱以軍著	280元
69.	降生十二星座	駱以軍著	180元
70.	嬉戲	紀蔚然著	200元
71.	好久不見——家庭三部曲	紀蔚然著	280元
72.	無傷時代	童偉格著	260元
73.	冬之物語	劉大任著	240元
74.	紅色客家庄	藍博洲著	220元
75.	擦身而過	莫　非著	180元
76.	蝴蝶	陳　雪著	200元
77.	夢中情人	羅智成著	200元
78.	稍縱即逝的印象	王聰威著	240元
79.	時間歸零	林文義著	240元
80.	香港的白流蘇	于　青著	200元
81.	少年軍人的戀情	履　彊著	200元
82.	閱讀的故事	唐　諾著	350元
83.	不死的流亡者	鄭　義主編	450元
84.	荒島遺事	鄭鴻生著	260元
85.	陳春天	陳　雪著	280元
86.	重逢——夢裡的人	李　喬著	280元
87.	母系銀河	周芬伶著	220元
88.	消失的台灣醫界良心	藍博洲著	280元
89.	影癡謀殺	紀蔚然著	150元
90.	當黃昏緩緩落下	黃榮村著	150元
91.	威尼斯畫記	李　黎著	180元
92.	善女人	林俊穎著	240元
93.	荷蘭牧歌	丘彥明著	260元
94.	上海探戈	程乃珊著	300元
95.	中山北路行七擺	王聰威著	200元
96.	日本四季	張燕淳著	350元
97.	惡女書	陳　雪著	230元
98.	亂	向　陽著	180元
99.	流旅	林文義著	200元
100.	月印萬川	劉大任著	260元
101.	月蝕	施珮君著	240元
102.	北溟行記	龔鵬程著	240元
103.	像一盒巧克力——當代文學文化評論	范銘如著	220元
104.	流浪報告——一個台灣旅人的法國行腳	阿　沐著	220元
105.	之後	張耀仁著	240元

106. 終於直起來	紀蔚然著	200元
107. 無限的女人	孫瑋芒著	280元
108. 1945光復新聲——台灣光復詩文集	曾健民編著	280元
109. 我未來次子關於我的回憶	駱以軍著	240元
110. 辦公室	胡晴舫著	200元
111. 凱撒不愛我	王健壯著	240元
112. 吳宇森電影講座	卓伯棠主編	280元
113. 明明不是天使	林　維著	280元
114. 天使熱愛的生活	陳　雪著	220元
115. 呂赫若小說全集（上）	呂赫若著／林至潔譯	350元
116. 呂赫若小說全集（下）	呂赫若著／林至潔譯	350元
117. 我愛羅	駱以軍著	270元
118. 腳跡船痕	廖鴻基著	320元
119. 莎姆雷特——狂笑版	李國修著	220元
120. CODE人心弦——漫遊達文西密碼現場	伍臻祥著	240元
121. 流離記意——無法寄達的家書	外台會策畫	260元
122. 腿	陳志鴻著	180元
123. 幸福在他方	林文義著	240元
124. 餘生猶懷一寸心	葉芸芸著	360元
125. 你的聲音充滿時間	楊佳嫻著	180元
126. 時光隊伍	蘇偉貞著	270元
127. 粉紅樓窗	周芬伶著	220元
128. 一個人@東南亞	梁東屏著	260元
129. 人生，從那岸到這岸	外台會策畫	240元
130. 浮花飛絮張愛玲	李　黎著	200元
131. 二〇〇一：洄游之旅	張　復著	240元
132. 野翰林——高陽研究	鄭　穎著	300元
133. 鱷魚手記	邱妙津著	240元
134. 蒙馬特遺書	邱妙津著	200元
135. 鏡花園	林俊穎著	240元
136. 無人知曉的我	陳　雪著	280元
137. 哀豔是童年	胡淑雯著	230元
138. 棗與石榴	尉天驄著	240元
139. 孤單情書	袁瓊瓊著	200元
140. 玉山魂	霍斯陸曼・伐伐著	330元
141. 老憨大傳	郭　楓著	400元
142. 走進福爾摩沙時光步道	曾心儀著	300元
143. 反叛的凝視——他們如何改變世界？	張鐵志著	199元
144. 繾綣情書	袁瓊瓊著	200元
145. 小說地圖	鄭樹森著	180元

146.	史前生活	賴香吟著	200元
147.	霧中風景	賴香吟著	200元
148.	晚晴	劉大任著	260元
149.	冰火情書	袁瓊瓊著	200元
150.	真情活歷史——布袋戲王黃海岱	邱坤良著	180元
151.	掌上風雲一世紀——黃海岱的布袋戲生涯	黃俊雄等著	280元
152.	聖與魔——台灣戰後小說的心靈圖象	周芬伶著	320元
153.	陳黎談藝論樂集	陳　黎著	280元
154.	陳黎情趣散文集	陳　黎著	280元
155.	最美的時刻	明夏・柯內留斯著／楊夢茹譯	260元
156.	航海家的臉	夏曼・藍波安著	200元
157.	時光倒影	周志文著	240元
158.	老師的十二樣見面禮	簡　媜著	320元
159.	樂園不下雨	李　黎著	240元
160.	南方澳大戲院興亡史	邱坤良著	320元
161.	曖昧情書	袁瓊瓊著	200元
162.	白米不是炸彈	楊儒門著	260元
163.	江湖在哪裡？——台灣農業觀察	吳音寧著	450元
164.	態度	陳思宏著	260元
165.	哈德遜書稿	陸先恆著	240元
166.	自己的空間：我的觀影自傳	李歐梵著	240元
168.	紅樓人物的人格論解	余　昭著	300元
169	談文藝　憶師友——夏自清自選集	夏志清著	320元
170.	色戒愛玲	蔡登山著	200元
171.	從諾貝爾到張愛玲	鄭樹森著	260元
172.	認得幾個字	張大春著	280元
173.	項美麗在上海	王　璞著	290元
174.	一個女人的筆記——盛氏家族・邵洵美與我	盛佩玉著	330元
175.	相忘於江湖	張輝誠著	260元
176.	邱妙津日記（上下）平裝	邱妙津著	599元
177.	夢中邊陲	羅智成著	220元
178.	東谷沙飛傳奇	乜寇・索克魯曼著	300元
179.	殘念	顏忠賢著	260元
180.	紅樓人物的人格論解	余　昭著	300元
181.	絳唇珠袖兩寂寞——京劇・女書	王安祈著	320元
183.	經典可以這樣讀——于丹・易中天演講對談錄	于丹、易中天著	240元
184.	消逝在二二八迷霧中的王添灯	藍博洲著	340元
185.	張愛玲來信箋註	莊信正著	230元
186.	孤獨，凌駕於一切	艾　雯著	220元

INK PUBLISHING

文學叢書 187

事後——香港文化誌

作　　者　陳冠中
總 編 輯　初安民
責任編輯　陳思妤
美術編輯　張薰芳
校　　對　陳思妤　李　苓　陳冠中

發 行 人　張書銘
出　　版　INK印刻出版有限公司
台北縣中和市中正路800號13樓之3
電話：02-22281626
傳真：02-22281598
e-mail:ink.book@msa.hinet.net
網　　址　舒讀網http://www.sudu.cc

法律顧問　漢廷法律事務所
劉大正律師
總 代 理　展智文化事業股份有限公司
電話：02-22533362・22535856
傳真：02-22518350
郵政劃撥　19000691 成陽出版股份有限公司
印　　刷　海王印刷事業股份有限公司

出版日期　2008年 5 月 初版
ISBN　978-986-6873-53-9

定價　260元

國家圖書館出版品預行編目資料

事後：香港文化誌／陳冠中著.
--初版.--台北縣中和市：INK印刻，2008.5
面；　公分.--（文學叢書；187）
ISBN 978-986-6873-53-9（平裝）

855　　96024359

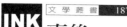

INK INK INK INK INK INK
INK INK INK INK INK
INK INK INK INK INK INK
INK INK INK INK INK
INK INK INK INK INK INK
INK INK INK INK INK
INK INK INK INK INK INK
INK INK INK INK INK
INK INK INK INK INK INK
INK INK INK INK INK
INK INK INK INK INK INK
INK INK INK INK INK
INK INK INK INK INK INK
INK INK INK INK INK
INK INK INK INK INK INK
INK INK INK INK INK
INK INK INK INK INK INK
INK INK INK INK INK
INK INK INK INK INK INK
INK INK INK INK INK
INK INK INK INK INK INK
INK INK INK INK INK
INK INK INK INK INK INK

NK INK INK INK INK INK IN
INK INK INK INK INK INK
NK INK INK INK INK INK IN
INK INK INK INK INK INK
NK INK INK INK INK INK IN
INK INK INK INK INK INK
NK INK INK INK INK INK IN
INK INK INK INK INK INK
NK INK INK INK INK INK IN
INK INK INK INK INK INK
NK INK INK INK INK INK IN
INK INK INK INK INK INK
NK INK INK INK INK INK IN
INK INK INK INK INK INK
NK INK INK INK INK INK IN
INK INK INK INK INK INK
NK INK INK INK INK INK IN
INK INK INK INK INK INK
NK INK INK INK INK INK IN
INK INK INK INK INK INK
NK INK INK INK INK INK IN
INK INK INK INK INK INK
NK INK INK INK INK INK IN
INK INK INK INK INK INK
NK INK INK INK INK INK IN